王鸿鹏·编

帝都形胜

燕京八景诗抄

九州出版社 JIUZHOUPRESS 全国百佳图书出版单位

图书在版编目（CIP）数据

帝都形胜：燕京八景诗抄 / 王鸿鹏编. -- 北京：
九州出版社，2018.3
ISBN 978-7-5108-7401-7

Ⅰ．①帝… Ⅱ．①王… Ⅲ．①诗集—中国—元代-近
代 Ⅳ．①I222.75

中国版本图书馆CIP数据核字（2018）第172251号

帝都形胜：燕京八景诗抄

作　　者	王鸿鹏 编
出版发行	九州出版社
地　　址	北京市西城区阜外大街甲 35 号（100037）
发行电话	（010）68992190/3/5/6
网　　址	www.jiuzhoupress.com
电子信箱	jiuzhou@jiuzhoupress.com
印　　刷	三河市九洲财鑫印刷有限公司
开　　本	710 毫米 ×1000 毫米　16 开
印　　张	13.75
字　　数	190 千字
版　　次	2018 年 8 月第 1 版
印　　次	2018 年 8 月第 1 次印刷
书　　号	ISBN 978-7-5108-7401-7
定　　价	58.00 元

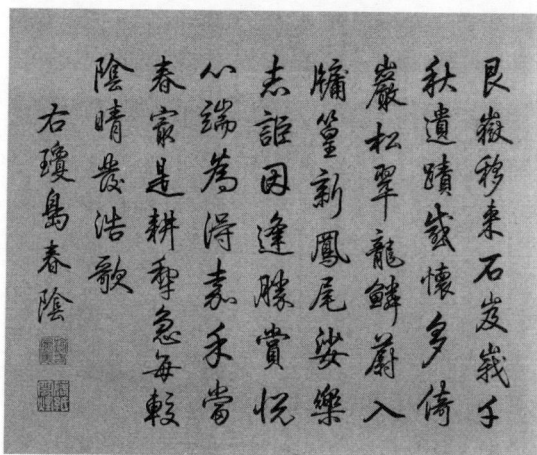

艮嶽移來石發歂子
秋遺蹟嵗懷多僑
巖松翠龍鱗蔚入
牅篁新鳳尾婆樂
志詎因達朕賞悅
八端為浹素禾當
春寰是耕犁急每較
陰晴農浩歌
右瓊島春陰

琼岛春阴

（清）张若澄画燕山八景（之一）

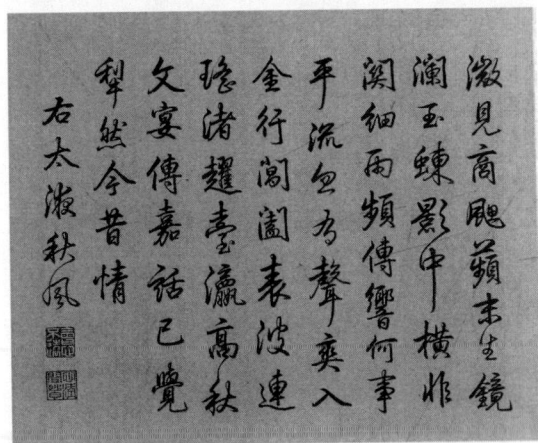

太液秋风

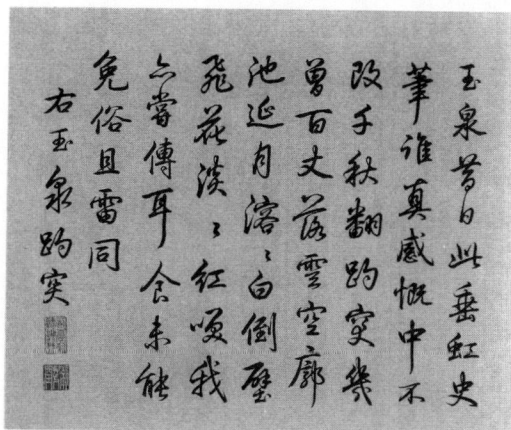

玉泉趵突

（清）张若澄画燕山八景（之三）

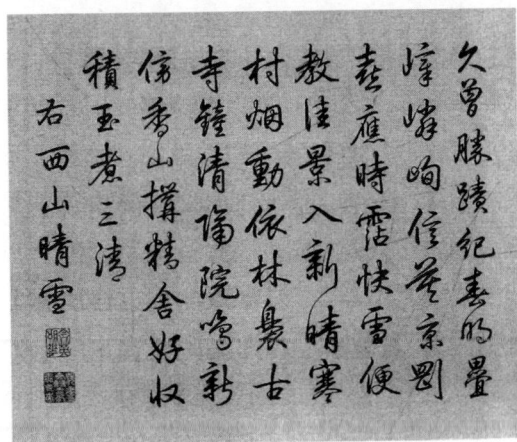

久曾滕蹟紀事旳墨
峥嵘响信苍京刪
春屆時雪快雪便
教佳景入新晴寒
村烟動依林裳古
寺鐘清偏院曽新
倚秀山擇精舍好收
積玉煮三淸
右西山晴雪

西山晴雪

（清）张若澄画燕山八景（之四）

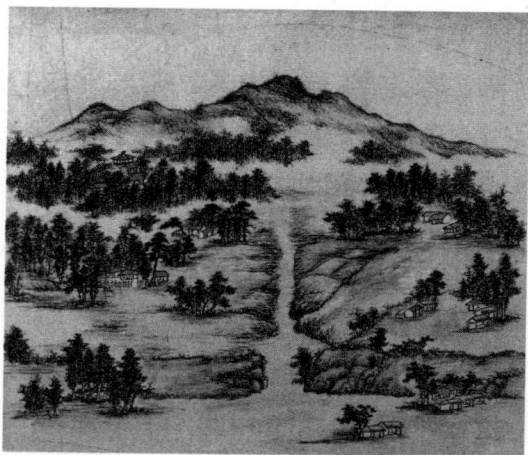

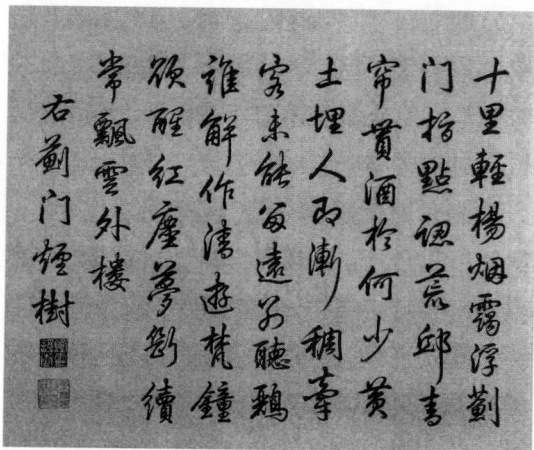

十里輕楊煙靄浮劉
門指點硯荒邱書
嘗貫酒於何少黃
土埋人丙漸稠孝
寥束餘啖遠子聽鵝
誰解作清遊梵鐘
頌醒紅塵夢劉續
常飄雲外樓
右薊門輕樹

薊门烟树

（清）张若澄画燕山八景（之五）

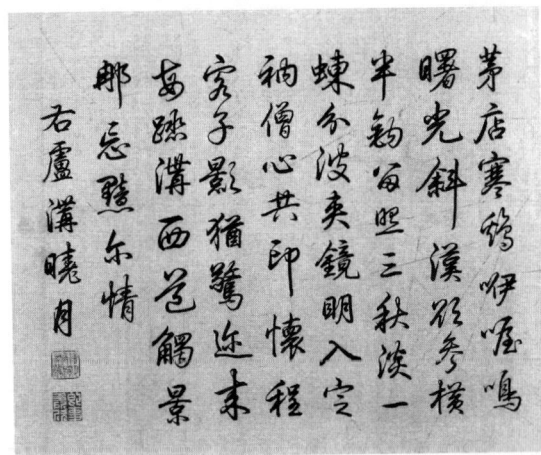

茅店寒鴉伊喔鳴
曙光斜漢影參横
半鈎忽照三秋淡一
蓮分波夾鏡明入空
衲僧心共即懷程
客子影猶驚途末
安蹕灄西邑觸景
那忘聽樂情
右盧溝曉月

卢沟晓月

（清）张若澄画燕山八景（之六）

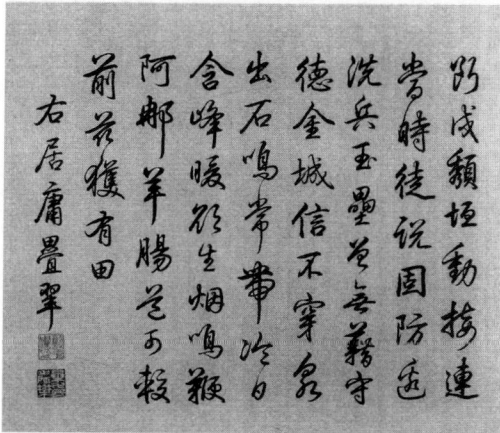

路戍頹垣動接連
當時徒說固防邊
洗兵玉壘崔嵬著守
德金城信不寧邊食
出石鳴常帶冷日
舍峰暖彩生烟鳴鞭
阿郍羊腸若可轂
萷芒穫有田
右居庸疊翠

居庸疊翠

（清）张若澄画燕山八景（之七）

金台夕照

（清）张若澄画燕山八景（之八）

凡例

一、本诗抄按元、明、清、民国及以后排序。

二、诗人以所处朝代之生平或科第先后排序。

三、目录编排以作者姓名代篇目题名。

四、作品前有作者生平简介，后有诗篇的编辑出处。网络诗词均不采信。

五、注释部分为作品的不同版本或原作的文字说明。所选作品均不做词语、典故注释。

序

我闻八景，先有潇湘，后有燕京。

潇湘何在？八景焉存？我不得而知。身居燕京，目力所及亦不过几方御题碑刻。数百年文物古迹，胜境难寻。八景之名存而实亡矣。

考燕京八景，自元代以降，颇多题咏，佳作连连，文臣骚客，不惜笔墨，淡妆浓抹，各抒情怀，尤以明清为盛。更有乾隆御题将八景文化发挥到极致。

琼岛春阴的馥郁苍翠，太液秋波的灵动佛光，玉泉垂虹的飞天幻彩，卢沟晓月的浪漫情觞，金台夕照的远古猜想，蓟门烟树的微雨茫茫，西山霁雪的诗意眺望，居庸叠翠的满目春阳，它们是一张张燕都文化的靓丽名片，散落在浩如烟海的书卷诗函之中，尘封着亘古不变的灿烂辉煌。

余美其文辞高雅，叹其千古绝唱。固每每坐拥书城，披阅典籍，遇有歌咏，爱不释手，以期陶冶性情，颐养初心尔。

遂被列为北京市东城区第一图书馆地方文献选题，奔波年余，亦乐此不疲。希求将历代歌咏八景之诗搜罗殆尽。

惜诗海茫茫，时日有限，岂能仅凭微薄之力穷极所有。固愿做踏脚之石，为登高者铺路，与爱慕者共飨。

王鸿鹏

戊戌岁首记于安华桥

目　录

陈 孚

　　字刚中，号勿庵，临海县太平乡人。元至元二十二年 (1285)，陈孚将其所作的《大一统赋》献给朝廷，受到青睐，授临海上蔡书院山长，任满后升翰林国史院编修官，擢奉训大夫、礼部郎中。《元史》称他"天才过人，性任侠不羁，其为诗文，大抵援笔即成，不事雕斫"。

咏神京八景①

太液秋风

一镜拭开秋万顷，	碧天倒浸琉璃影。
寒飚夜卷雪波去，	贝阙珠宫黛光冷。
三千棹歌摇绿烟，②	湿氎吹堕黄金蝉。
琪树飕飕红鲤跃，③	衮龙正宴瑶池仙。

注释：

①神京八景：《元诗体要》作"神州八景"。

②棹歌：《元艺圃集》《元诗体要》均作"歌棹"。

③飕飕：《元诗体要》作"凉飕"。

琼岛春阴①

一峰亭亭涌寒玉，	露花不堕瑶草绿。②
珠楼千尺星汉间，③	天飚吹下笙韶曲。④
万年枝上槲叶满，	小鸾振振绕龙管。⑤
金根晓御翠华来，	三十六宫碧云暖。

注释：

①琼岛春阴：《元艺圃集》作"琼花春阴"。

②露花：《钦定日下旧闻考》《御选元诗》《元诗体要》均作"露华"；堕：《元艺圃集》作"坠"。

③珠：《钦定日下旧闻考》《元诗体要》作"朱"；尺：《钦定日下旧闻考》作"里"。星汉：《元艺圃集》作"汉星"。

④）天飚：《钦定日下旧闻考》《元艺圃集》《御选元诗》《元诗体要》均作"天风"。

⑤鸾：《钦定日下旧闻考》《元诗体要》作"凤"；振振：《钦定日下旧闻考》《元艺圃集》《御选元诗》均作"伥伥"；《元诗体要》作"怅怅"。

居庸叠翠

断崖万仞如削铁，　　鸟飞不度苔石裂。①
嵯岈枯木无碧柯，②　　六月太阴飘急雪。③
寒沙茫茫出关道，　　骆驼夜吼黄云老。
征鸿一声起长空，④　　风吹草低山月小。

注释：

①度：《元艺圃集》作"渡"；苔：作"苍"；《钦定日下旧闻考》《元诗体要》作"山"。

②岈：《钦定日下旧闻考》《元诗体要》作"峨"；枯木：《钦定日下旧闻考》《御选元诗》《元诗体要》均作"老树"。

③飘：《钦定日下旧闻考》《元艺圃集》《元诗体要》均作"飞"。

④征鸿：《元艺圃集》作"征雁"。

卢沟晓月①

长桥弯弯饮海鲸，②　　河水不溅冰峥嵘。

远鸡数声灯火杳，　　残蟾酒映长庚横。③

道上征车铎声急，　　霜花如钱马鬣湿。

忽惊沙际金影摇，　　白鸥飞下黄芦立。

注释：

①卢：《御选元诗》作"芦"。

②弯弯：《御选元诗》作"湾湾"。饮：《钦定日下旧闻考》《元诗体要》作"眠"。

③酒：《钦定日下旧闻考》《御选元诗》《元诗体要》均作"犹"。

西山晴雪①

冻雀无声庭桧响，冰花洒檐大如掌。

平明起视岩壑间，插天琼瑶一千丈。

夕阳微漏光嵯峨，倚阑（更觉）爽气多。②

云间落叶有径否？想见樵叟犹青蓑。③

注释：

①晴：《钦定日下旧闻考》《元诗体要》作"积"。

②原著缺两字，今据《钦定日下旧闻考》《元艺圃集》《御选元诗》《元诗体要》补。

③犹：《钦定日下旧闻考》《元诗体要》作"披"。

蓟门飞雨

黑云如鸦涨川谷，雷踊电跃风折木。①

（半）天万（点卷）海来，②森森映窗如银竹。③

凤城无数（笙歌楼），④珠帘半卷西山秋。

谁怜羁客家万里，⑤一灯孤拥寒衾愁。⑥

注释：

①雷：《钦定日下旧闻考》《元艺圃集》作"云"。

②原著缺字，今据《钦定日下旧闻考》《元艺圃集》《御选元诗》
《元诗体要》补。

③窗，《元艺圃集》作"地"。

④原著缺三字，今据《钦定日下旧闻考》《元艺圃集》《御选元诗》
《元诗体要》补。

⑤怜：《钦定日下旧闻考》《元艺圃集》《元诗体要》均作"知"。

⑥孤：《钦定日下旧闻考》《元艺圃集》《元诗体要》均作"正"；《御
选元诗》作"政"。

玉泉垂虹

雪波碧涌千崖高，①　落花点点浮寒瑶。②

日斜忽奋五彩气，③　飞上太空横作桥。

古寺钟残塔铃语，④　回首前村犹急雨。

轻绡欲剪一幅秋，　　又逐西风过南浦。

注释：

①雪：《御选元诗》作"灵"。涌：《钦定日下旧闻考》《元诗体要》
《元艺圃集》均作"拥"。

②浮：《御选元诗》作"扶"。

③奋：《钦定日下旧闻考》《元艺圃集》《御选元诗》《元诗体要》均

作"有"。彩:《钦定日下旧闻考》《元诗体要》作"采"。

④钟残:《钦定日下旧闻考》《元艺圃集》《元诗体要》均作"残钟"。塔,《元艺圃集》作"荅"。

金台夕照

巍坡十二青云梯,[①]　老树偃伏犹躬圭。

长裾已翳星辰去,[②]　残阳空挂卢沟西。[③]

召南六百年宗社,[④]　一日黄金重天下。

精缠宝气夜不收,[⑤]　又见残霞明朔野。[⑥]

注释:

①巍:《元诗体要》作"危"。

②翳:《元诗体要》作"曳"。

③空:《元诗体要》作"犹"。

④六:《元诗体要》作"二"。

⑤缠:《元诗体要》作"躔"。

⑥残:《元诗体要》作"断"。

《陈刚中诗集》卷一

尹廷高

　　字仲明，号六峰，浙江遂昌人。元大德间，任处州路儒学教授。又尝掌教永嘉，秩满至京，谢病归。著有《玉井樵唱》三卷。

卢沟晓月

栏干凎漾晨霜薄，马度石桥人未觉。

滔滔流水去无声，月轮正挂天西角。

千村万落荒鸡鸣，大车小车相间行。

停鞭立尽杨柳影，孤鸿灭没青山横。

蓟门飞雨

清风夹道槐阴舞，谁信青天来白雨。

马上郎君走似飞，树下行人犹蚁聚。

须臾云散青天开，依然九陌飞黄埃。

乃知造化等儿戏，一日变态能千回。

《御选元诗》卷二十五

陈 高

字子上，温州平阳人。元至正十四年（1354）甲午科进士，授庆元路录事，未三年辄自免去。平阳陷，弃妻子，往来闽浙间，自号不系舟渔者。有《不系舟渔集》。

芦沟晓月图

芦沟桥西车马多，山头白日照青波。

毡庐亦有江南妇，愁听金人出塞歌。

《不系舟渔集》卷九

无名氏①

西山晴雪

折桂令

玉嵯峨高耸神京。峭壁排银，叠石飞琼。

地展雄藩，天开图画，户列围屏。

分曙色流云有影，冻晴光老树无声。醉眼空惊。

樵子归来，蓑笠青青。

《钦定日下旧闻考》卷八

注释：

①元朝人，姓名、生平均不详。

吴 沉

字濬仲，兰溪人。元国子博士师道子也，以家学自振。明初召为翰林待制，寻擢东阁大学士，以文学被宠，命撰精诚录序，后坐懿文太子事，谗死于狱。

神州十咏（选二）

居庸翠

天门设险护神州，函谷潼关未足俦。

万仞断崖疑铁削，四时佳气与烟浮。

春风过处屏如画，御辇来时色欲流。

万里皇衢方坦荡，何时空雨上衣裘。

西山雪

半空飞玉涌为屏，万丈清光忽满城。

为问峨眉江上白，何如象魏日边明。

春归大地洪钧转，爽入神京晓气清。

看取苍龚依旧出，沾濡草木已忻荣。

唐之淳

字愚士，以字行，山阴人。建文初，诏词臣修鉴戒录，方孝孺荐之，授翰林院侍读，与孝孺同领书局。淳博闻多识，工诗文，善笔札。篆、隶得李斯、李阳冰体，楷法从欧阳询出。有《唐愚士诗》二卷，《会稽怀古诗》一卷。

燕山八景

蓟门飞雨

出自蓟北门，试寻桑干源。

飞雨四面至，河山为之昏。

高有营坞处，惊沙走颓垣。

下有战死骨，白兼沙土痕。

奔淙万雷喧，赤石孤电翻。

讵知苍茫际，神明悼其冤。

驱车过古城，暝拉翁投村。

解衣爇新火，松亭已升暾。

瑶岛春阴

王城古帝都，宫阙宏且丽。

中有千仞峰，岧峣压幽蓟。

念昔椎凿初，本自人力致。

烧虿插文石，奇功夺天地。

蛟鸾失其仪，涛岳逊其势。

况当灵雨余，葱郁蔼生意。

深留云雾阴，润聚圭璧气。

忽闻桑扈鸣，君王思秉耒。

太液秋风

灵源道天潢，溟漾裂厚坤。

迩兹日月辉，星宿江吐吞。

其深产菱芡，其浅秀蘋蘩。

蘋蘩以共采，菱芡以侑尊。

事殊汉昆明，派匪华清温。

时秋风露寂，玉浪芙蓉翻。

行宫罢夕月，兰芳菊扬荪。

愿同灵沼鱼，呴沫生成恩。

卢沟晓月

侵星度舆梁，落月沟水上。

月光金镜侧，梁影玉虹样。

照人跬步间，光怪百千状。

得非夸毗子，持此为谲诳。

意欲铲雕琢，寸刃不可向。

日出尘雾黄，驼马杂车辆。

喧静犹昼夜，循环不须让。

梁石有时泐，泉流无得丧。

居庸叠翠

驻马居庸关，仰瞻军都山。

山深关隘险，石角泉潺湲。

昔之巡幸迹，今乃莓苔班。

尚遗千丈岚，苍翠不可攀。

朝随飞云出，晚逐归鸟闲。

片阴雨三尺，一日四序环。

北顾道阻长，风沙正漫漫。

内华而外夷，慨然起深叹。

玉泉垂虹

羁束戎马间，佳胜每虚历。

及兹临玉泉，垂策任所适。

仰瞻飞窦泻，玉流粲琼液。

俯目视修梁，县虹饮春泽。

从龙意徒在，为雨功未毕。

思昔未乱初，游赏隘泉石。

浮华等烟电，歌管化荆棘。

临流叹迟莫，暝树起秋色。

西山积雪

维西有崇山，其上太始雪。

天风吹不消，海日照还结。

疑是仙子居，琼楼夹银阙。

白榆种成林，瑶草纷可悦。

我游值岁晏，寒风为骚屑。

斧冰涧底泉，敲火石上月。

道逢猎归人，歌笑变凛冽。

川长狐兔净，旗飐鼓声咽。

《唐愚士诗》卷二

杨 荣

初名子荣，字勉仁，福建建安人。明建文朝进士，授编修。永乐初与解缙等七人同入内阁，有才智，见事敏捷，最受帝知。仁宗即位，累进谨身殿大学士，工部尚书。宣德中加少傅。正统五年辞官归里，卒于途。谥文敏。著有《后北征记》《杨文敏集》等。

京师八景

居庸叠翠

群山耸列势峥嵘，日照峰峦积翠明。

高出烟霞通绝塞，低徊城阙拥神京。

休论函谷双崖险，绝胜匡庐九叠横。

扈从常时经此处，坐看天际白云生。

玉泉垂虹

一派清泠蟫蝀悬，　　涵云浴雾自年年。

声回晓阙鸣清佩，[①]　影落秋崖湿紫烟。

石罅转来幽涧里，　　瑶池分出御桥前。

汪洋长比恩波阔，[②]　万古东流会百川。[③]

注释：

①阙：《钦定日下旧闻考》作"阁"。

③比：《天府广记》作"此"。

③古：《天府广记》作“里”。

太液晴波

太液清涵一鉴开，^①　溶溶漾漾自天来。
光浮雪练明金阙，　　影带晴虹绕玉台。
蘋藻摇风仍荡漾，　　龟鱼向日共徘徊。
蓬莱咫尺沧溟上，^②　瑞气絪缊接上台。

注释：
①清：《钦定日下旧闻考》《天府广记》作“晴”；鉴：作“镜”。
②上：《天府广记》作“下”。

琼岛春云

仙岛依微近紫清，春风淡荡暖云生。^①
乍经树杪和烟湿，轻覆花枝过雨晴。
每日氤氲浮玉殿，常时缥缈护金茎。
从龙处处施甘泽，四海讴歌乐治平。^②

注释：
①风：《钦定日下旧闻考》《天府广记》作“光”。
②治：《天府广记》作“自”。

蓟门烟树

蓟门春雨散浮埃，烟树溟濛霁欲开。
十里清阴连紫陌，半空翠影接金台。
东风叶暗留莺语，落日林深过鸟回。^①
记得清明携酒处，碧桃花底坐徘徊。^②

①过:《钦定日下旧闻考》作"看"。

②坐:《钦定日下旧闻考》作"共"。

西山霁雪

西山日上雪初晴，　素壁银屏万叠明。

高树迎风飞玉屑，^①　小桥流水涩琴声。

恍疑沧海通三岛，　绝胜昆仑见五城。^②

但使年年足丰稔，　桑麻燕雀遂生成。

注释:

①飞:《钦定日下旧闻考》作"霏"。

②胜:《钦定日下旧闻考》作"似"。

卢沟晓月

河声流月漏声残，咫尺西山雾里看。

远树依稀云影淡，疏星寥落曙光寒。

石桥马迹霜初滑，茅屋鸡鸣夜欲阑。

北上已看京阙近，五云深处是金銮。

金台夕照

独携尊酒上金台，^①　尚想当时国士来。

落木千章寒日下，　长空万里暮云开。

春风寂寂飞桃李，　夜雨萧萧瘗草莱。

却笑当时空买骨，　只今才骏总龙媒。

注释：

①独：《钦定日下旧闻考》作"犹"。

《文敏集》卷六

胡 广

字光大，号昊庵，江西吉水人。明建文二年（1400）状元。官至文渊阁大学士。胡广居官缜密，自处淡然。卒谥文穆。曾奉诏纂修《五经四书性理大全》。著有《胡文穆集》。

后北京八景

居庸叠翠

居庸太古秀，苍翠排云浮。

连峰天半出，佳气无时休。

青林密掩霭，素壁常不秋。

势横五岳高，下戴六鳌幽。

尘沙隔荒暮，根抵蟠中州。

俯视平原藐，回遏沧海流。

磅礴跨鸿濛，微茫入冥搜。

奔崖飞鸟怯，绝涧穷猿愁。

风雷隐窌窏，烟岚翳岩窜。

蔛匐但一色，远睇决凝眸。

扈从恒经览，超举凌上头。

扪萝蹑丹梯，邈若乘空游。

坐看阴阳变，倏畅忽已摹。

轩豁露端倪，旷望八极周。

东顾蓬莱山，西指昆仑邱。

缥缈琼瑶阙，逶迤十二楼。

大哉霄壤内，名胜不易求。

惟天作佳丽，何必论十洲。

长城壮神京，丰水诒嘉谋。

圣图巩磐石，万世固金瓯。

琼岛春云

琼岛蕴灵异，嘘气成浮云。

迎日出海峤，作瑞来禁垣。

非烟亦非雾，为霈更为氛。

飘飘呈五彩，彧彧砌龙文。

拂树阴晻霭，幂花暖氤氲。

流光散晴霞，晚色映余曛。

嵌岩恣栖宿，石角难钩援。

或依金银关，间随鸾鹤群。

从类各有合，翕张固无缰。

近水清见影，匝地湿留痕。

有时弥遥空，施雨被八垠。

乘风起倏忽，炮车激颓轮。

真宰撒丰降，翻驱雷电奔。

山川变晦冥，草木滋华黉。

沾濡既已足，下煦兼高原。

八方敛肤寸，太虚朗昆仑。

神化不可测，出入无穷门。

于时韫天用，岂比徒纷纭。

丰年介黍稷，永以粒烝民。
油然慰所望，下土咸蒙恩。

太液晴波

灵湫出无底，万顷漾寒碧。
澄阴涵太虚，晨光濯阳魄。
沉浸匪旦暮，由来自开辟。
幽深闭真源，浃渫浮地脉。
坤维压混茫，穷探杳难测。
其上接银潢，其下通碣石。
天池应青冥，沧海终不隔。
龟鱼哂雕琢，神物兹窟宅。
气清秋宇高，玉镜靓如拭。
朗然洞罔象，可以鉴至赜。
微风渐飘扬，静体随动激。
轻盈蹙縠纹，潋滟皱衣襭。
平摇烟树绿，细荡水花白。
至文生所遇，声息了无迹。
几度从宸游，丁马得良觌。
优游羡鳞鸟，萧散忘罾弋。
同此感至仁，兼俾性情适。
河润仅九里，沾濡渺何极。
一勺泻天瓢，四海俱承泽。
徒说汉蓬莱，敢异今太液。

玉泉垂虹

昔游五华山，更登玉泉峰。

飘飘凌紫烟，冉冉随飞龙。

探奇历仙洞，访古追鸿濛。

下见玉泉流，霄沸灵穴通。

乘风濯素练，映日垂长虹。

喧豗冲石罅，莹澈涵虚空。

喷沫洒晴雨，倾厓漱高松。

逶迤转平陆，遇壑还冲溇。

积涨甓行潦，群川疾会同。

啮沙圻欹岸，赴海逾沟封。

杪秋霜露降，灝气澄阴雺。

清泠见毫髮，游泳数鲲鳙。

含星拱太微，照月升天东。

晓迎河汉落，暮浴霞光红。

与物澹无期，形影托至公。

翻然究易画，取象以养蒙。

徂源寻往迹，畴能作圣功。

昭代复玄化，以道协民中。

经始作灵沼，咏歌乐辟雍。

万方皆育德，大雅回淳风。

蓟门烟树

驱马出蓟门，遥望蓟邱路。

路傍饶古迹，蔼蔼多嘉树。

空濛见画图，惨淡入烟雾。

参天闭黛色，引吹曳练素。

但闻幽鸟啼，不见飞鸢渡。

崔巍隐楼阁，苍莽隔烽戍。

瞪迷重关迥，坐恐白日暮。

绯桃暗着花，垂柳低粘絮。

枌榆翳庵庑，松柏凝阴沍。

青帘蔽酒家，远市笼茶务。

嗟予契幽寂，屡与佳境遇。

冥搜寄旷怀，取适惬中素。

笙竽发灵籁，听之得真趣。

清赏邈再期，欲往且复驻。

夕阳下城闉，归马数回顾。

乔林间蓊蔚，呵禁神明护。

中藏琴瑟材，亦有栋梁具。

可以柱岩廊，兼足谐韶濩。

剪伐远斧斤，滋息蒙雨露。

积储备所需，一一中绳度。

西山霁雪

西山几千仞，浮云上缪绕。

绵亘出海壖，苍翠落宫沼。

寒风吹朔雪，飘飘集峦嶂。

琼瑶闭嵌岩，琪花缀林杪。

耸空素屏列，莹壁凝华噭。

层巅失嶕峣，焉能辨窔窅。

日晴色更睍，月出影逾皎。

朗然洞毫发，一举即可了。

东挹岱宗青，下瞰沧溟潊。

气凌雁门迥，冻合浑河小。

都城百万家，因得供远眺。

开窗对玉岑，凝睇入孤岛。

由来城郭中，奇观固云少。

便当跨黄鹄，飞览穷幽荍。

探索阴阳秘，荡豁心目瞭。

势雄虎豹蹲，腾跃蛟龙矫。

惟天壮神京，万世从兹肇。

皇德协重华，光辉被四表。

太明丽霄汉，普照天下晓。

丰穰自年年，显征预为兆。

卢沟晓月

曙月临西崦，委照下层霄。

澄晖桑干水，混漾卢沟桥。

明沙积渚雪，翻波接海潮。

残星伴孤落，断河横相邀。

素娥濯玉镜，欲俾蟾兔漂。

露彩凝蒹葭，霜华映翘饶。

寒鞠散余芳，脱叶纷辞条。

晨光入熹微，野色薄山椒。

茅店促鸡鸣，烟火生市嚣。

疏钟动僧寂，清笳送雁遥。

行人催早发，秣马风萧萧。

悠悠驾言迈，载驱振鸾镳。

缟鹤丽修影，翩翩来沉寥。

上有羽衣客，云是王子乔。

翱翔碧云里，呜呜吹洞箫。

我欲与之游，举手不可招。

去去谒太清，天衢琼迢迢。

阊阖启九重，群佩森以朝。

大乐奏广庭，希声度咸韶。

文轨万方会，垂拱同轩尧。

金台夕照

夕阳下遥巘，回耀凭川陵。

寂寂黄金台，中蕴千古情。

遗址迷旧观，废郭存古名。

寒鸦向林飞，饥鼯出穴鸣。

高垒散牛羊，小径樵牧行。

繁华水东流，芳草春自生。

惟有夕照来，还滋烧痕青。

吊古怀昔人，筑宫招贤英。

千金买骏骨，荐隗扬先声。

遂俾战国士，奔走趋膻腥。

攘臂立功业，掉舌谈纵横。

暂时势利合，焉与安危并。

一朝风云散，灭没同秋萤。

往事付感慨，悠然望青冥。

会当铲陈迹，庶以解盱衡。

圣皇抚灵运，穆卜建镐京。

礼乐兴文治，渐被周八纮。

皋夔与稷禼，济济登朝廷。

君臣道相契，皇纲肃以宏。

中天昭日月，万古仰大明。

《胡公文集》卷二

北京八咏和邹侍讲韵

居庸叠翠

军都之山矗居庸，飞崖曲折路当中。

白昼千峰阴欲雨，翠屏万叠高连空。

西望洪河底柱小，东接沧溟碣石雄。

天非长城限南北，神京永固无终穷。

玉泉垂虹

玉泉之山下出泉，泉流萦折如虹悬。

却带西湖连内苑，直下东海汇百川。

微风时度碧波动，明月夜映清光圆。

静观太易有至理，此中曾见羲皇年。

太液晴波

微风初生太液池，蹙波鳞鳞漾涟漪。

灵物蜿蜒或游戏，水花摇飔如舞仪。

云霞沉浸天影动，楼阁倒射曦光迟。

每待宸游临万顷，行随仙仗柳阴移。

琼岛春云

广寒宫殿琼为台，五色春云自阖开。

赤城有鹤访玄圃，弱水无路通蓬莱。

缥缈随龙天上下，倏忽带雨山前回。①

方朔瑶池曾侍宴，碧桃花下长徘徊。②

注释：

①忽：《天府广记》作"然"。

②长：《天府广记》作"常"。

蓟门烟树

蓟门迢迢蓟邱前，① 层城万雉宿暝烟。②

空濛远树遥带郭， 苍莽长林迥接天。③

绿阴沉沉春雨后， 黛色深深幽鸟怜。

遮却榆关望不见， 笑指白云阿那边。

注释：

①迢：《天府广记》作"递"。

②万：《天府广记》作"高"。

③莽：《天府广记》作"茫"。

西山霁雪

银屏素壁何岧峣， 西山新霁雪未消。
千林皓影粲琼树，[①] 万壑晴光凌碧霄。
高峰更寒初上日， 小径尚隔归来樵。[②]
五城楼阁在咫尺，[③] 从知三岛望非遥。[④]

注释：

①粲：《天府广记》作"散"。

②尚：《天府广记》作"迥"。

③五：《天府广记》作"玉"。

④望非：《天府广记》作"非路"。

卢沟晓月

断云斜月影苍苍，照见桑干河水黄。
茅屋居人醒残梦，石桥行旅乘余光。
远市生烟灯火澹，平沙明雪川途长。
几随仙跸来游幸，萧萧马色凌寒霜。

金台夕照

数尺荒台低接城，千古夕阳送晚晴。
青山半边欲将掩，红叶满林相与明。
迢迢烟景蘼芜思，冉冉年华桃李情。
黄金之名犹不泯，至今一统见升平。

再用前韵

居庸叠翠

九关第一数居庸，重迭峰峦杳霭中。
恒岳清秋通爽气，太行落日并晴空。
凭陵绝塞三韩远，横亘中原万里雄。
圣主神功高百世，磨崖镌勒颂无穷。①

注释：
①勒：《天府广记》作“石”。

玉泉垂虹

石洞淙淙泻沃泉，旋流宛见玉虹悬。
山云起处遥趋壑，花雨来时欲涨川。
月落嫦娥窥镜静，星垂神女弄珠圆。
圣明霈泽如天广，岁作甘霖颂有年。

太液晴波

太液晴波漾碧池，清风时动绿漪漪。
银潢星斗垂天派，方丈龟龙陋汉仪。
玉镜光涵琼岛近，锦纹流出御沟迟。
从知涵浸由开合，长映西山影不移。

琼岛春云

望中缥缈见仙台，冉冉春云昼不开。
近接九重连禁籞，长留五色护蓬莱。

常时过雨晴还湿，几度临风去却回。
每侍宸游清宴处，凤笙龙管共徘徊。

蓟门烟树

暖日和风四月前，蓟门春树带春烟。
阴阴桑柘连深社，蔼蔼枌榆入远天。
万籁笙竽行客听，半空车盖使人怜。
回看双阙岧峣处，正在琼林杏霭边。

西山霁雪

西山白雪箏岧峣，日色才临冻未消。
玉障寒光明早曙，银台素影晃重霄。
山人载猎将从猎，野客缘萝欲负樵。
跨马出郊乘逸兴，便凌绝顶不辞遥。

卢沟晓月

残星几点月苍苍，晃漾浑河九折黄。
山寺僧钟鸣早梵，石梁渔艇沂流光。
孤村寂寂林阴澹，古道亭亭塔影长。
摇荡芦花千顷雪，草头零露白如霜。

金台夕照

荒台低枕广阳城，长有斜阳映夕晴。
漫说黄金招俊杰，空余芳草发清明。

图经犹载千年迹，云树中含万古情。

六国纵横星纪浑，至今方见泰阶平。

《胡公文集》卷八

金幼孜

名善，以字行，号退庵，江西新淦人。明建文二年（1400）进士，授户科给事中。历官礼部尚书兼武英殿大学士。宣德元年为总裁，修纂永乐、洪熙两朝实录。宣德六年卒，谥"文靖"。后人集其遗文《文靖公全集》传世。

北京八景

居庸叠翠

巉嵲天关复几重，龙飞凤翥势偏雄。

千山黛色落平野，万里烟光明远空。

峡口人行春雨外，树边鸟度夕阳中。

北巡记得随鸾驭，曾上云间第一峰。

玉泉垂虹

宛宛垂虹引玉泉，萦岩出涧净娟娟。

细通树底映初日，遥转湖阴涵远天。

鱼动翠纹生雨后，鸥翻细浪起风前。

源源自是归沧海，添作恩波遍九埏。

太液晴波

禁苑香风散紫埃，晴波漾日自沿洄。

天光下映银潢净，云影遥涵玉鉴开。

旧日曾随仙仗到，几时还载酒船回。

从知弱水通三岛，应有群仙献寿来。

琼岛春云

蓬莱东望近扶桑，　　冉冉春云接下方。

隔水楼台通御气，　　半空草树发天香。

花间驻辇霓旌湿，^①　海上传书鹤梦长。

映日龙文还五色，^②　殿头常得近清光。

注释：

①间：《天府广记》作"边"。

②映：《天府广记》作"应"。

蓟门烟树

平野荒荒接蓟门，^①　淡烟疏树碧纲缊。

过桥酒幔依稀见，　　附郭人家远近分。

翠羽落花行处有，^②　绿阴啼鸟坐来闻。

玉京尽日多佳气，^③　缥缈还看映五云。

注释：

①平野荒荒：《天府广记》《增定皇明馆课》《诗苑天声》均作"野色苍苍"。

②羽：《天府广记》《增定皇明馆课》《诗苑天声》均作"雨"。

③气：《天府广记》作"丽"。

西山霁雪

海上云收旭景新，连峰积雪净如银。①

晴光迥入千门晓，淑气先回上谷春。

瑶树生辉寒已散，琼林消冻暖偏匀。

玉堂相对题诗好，移席钩帘坐夕曛。

注释:

①雪:《增定皇明馆课》作"翠"。

卢沟晓月

卢沟杳杳出桑干，月照河流下石滩。

茅店鸡声斜汉曙，汀沙雁叫早霜寒。①

水光微带山烟白，野色遥连塞草残。

千古长桥枕南北，忆曾题柱倚栏干。

注释:

①汀:《钦定日下旧闻考》作"江"。

金台夕照

迢递金台近日边，①偶来登览尚依然。②

万家禾黍秋风外，十里旌旗落照前。

远郭砧声来杳杳，平原归骑去翩翩。③

黄金谩说能招士，千载犹传郭隗贤。

注释:

①金:《钦定日下旧闻考》《天府广记》作"高"。

②偶:《钦定日下旧闻考》作"傥"。尚：作"向"。
③归:《天府广记》作"车"。

《金文靖集》卷四

胡俨

字若思，号颐庵，江西南昌人。洪武二十年（1387）以举人授华亭教谕。永乐初，荐入翰林，授检讨，入文渊阁。后改国子祭酒，兼翰林侍讲学院事。洪熙初进太子宾客兼祭酒。致仕归，闲居二十年。著有《颐庵集》三十卷，今存有《颐安文选》二卷。

北京八咏

居庸叠翠

雄关积翠倚岧峣，　　碧树经霜叶未凋。
万里风烟通紫塞，　　四时云雾近青霄。
层城宵霭山连雉，[①]　绝涧霏微石作桥。[②]
南北车书今混一，　　行人来往岂辞遥。[③]

注释：
①宵：《天府广记》作"香"。
②遥：《天府广记》作"劳"。

玉泉垂虹

山前树底碧迢迢，试问源头出处遥。[①]
斜落石梁疑饮涧，远趋沧海欲吞潮。
声从夜雨添来急，影逐晚风吹不消。[②]
太液池边春似锦，绿波长带翠烟飘。

①试：《天府广记》作"为"。
②晚：《天府广记》作"晴"。

太液晴波

画桥凫雁动春声，波散寒烟日正晴。
游鲤暖依芳藻出，飞花时拂绿漪轻。
好同荥水浮龙马，不比昆明隐石鲸。
几度天瓢分泻出，甘霖到处济苍生。

琼岛春云

万岁山高玉作台，卿云垂彩画图开。
九重天上从龙起，太液池头伴鹤回。
松静晚烟同缥缈，花深晴影共徘徊。
何须更说蓬莱境，不是飞仙不看来。

蓟门烟树

都门烟树蔼青葱，树底人家处处同。
远近楼台空翠里，往来车马绿阴中。
晓寒花影留残月，日暖莺声度好风。
蓟北从来佳丽地，相逢陌上莫匆匆。

西山霁雪

雪霁西山玉作屏，琼林瑶树晓光凝。
清风晴洒千岩雨，碧涧春融万壑冰。

策杖此时宜蜡屐，斸苓何处有篝灯。

从来北土多才杰，不独山阴兴可乘。

卢沟晓月

半轮斜月隐青山，山色微茫马上看。

水际石梁云影淡，沙中茆屋夜灯残。

鸡声唱晓星将落，雀羽翻林露正寒。

举首神京东望近，天边红日上金盘。

金台夕照

独上高台斜日红，遥天极目思无穷。

迢迢关塞微茫外，簇簇山河锦绣中。

鸿雁数声催暝色，牛羊几处散秋风。

黄金销尽人何在，青史传来事不空。

《颐庵文选》卷下

西山积翠

万古不改色，千寻翠黛饶。

染空寒欲滴，映日暖还飘。

宵宵猿啼暝，霏霏鹤去遥。

望中天路近，飞佩入烟霄。

《增定皇明馆课》卷之十二

王　洪

　　字希范，号毅斋，钱塘人。年十八，举洪武三十年（1397）丁丑科进士，授行人，寻擢吏科给事中，以荐入翰林，由检讨历官修撰、侍讲，为《永乐大典》副总裁官。有《毅斋诗文集》八卷，附录一卷。

北京八咏

居庸叠翠

　　岩峦重叠倚天开，翠色横秋海上来。

　　万里长城连朔漠，九霄佳气接蓬莱。

　　闻鸡关吏开门早，贡马蕃王纳土回。

　　愿刻苍崖歌圣德，汉家今数子云才。

玉泉垂虹

　　碧嶂丹崖泻不停，^① 翠微云净转分明。

　　春风不散空中影，^② 夜月偏闻树底声。

　　内苑分来瑶草合，^③ 御桥流出凤池平。

　　仙源信与人间别，　岁岁年年长白清。^④

注释：

①嶂：《天府广记》作"障"

②影：《天府广记》作"景"。

③瑶草：《诗苑天声》作"摇水"；《天府广记》《列朝诗集》均作

"瑶水"。

④清:《诗苑天声》作"亲"。

太液晴波

仙沼天开近帝闱，碧漪千顷漾晴辉。

春涵树色浮金阙，暖泛花香映紫微。

神鲤遥从银汉跃，水禽长带彩云飞。

百川喜逐恩波远，万派朝宗向此归。

琼岛春云

琼圃瑶台接太清，　凤纹龙彩照春晴。①

九重自逐祥风转，②　五色长承瑞日明。

珠树望来留鹤驭，　翠华行处拂鸾旌。

为章共仰文明化，③　愿效周诗颂太平。④

注释:

①凤纹龙彩:《天府广记》作"龙文凤彩"。

②祥:《天府广记》作"香"。

③明:《天府广记》作"王"。

④效:《天府广记》作"以"。

蓟门烟树

万家杨柳暗春城，曙色微分乳燕鸣。

空翠不随香雾散，清阴犹带晓寒轻。

平川杳霭迷征骑，小苑依微拂去旌。

最是清明看花处，几回吟望独含情。

西山雪霁

日华初映最高峰，^①玉树凝辉在半空。
佳气迥浮丹凤阙，　清光遥入翠微宫。
松崖乍逐春风散，　云峤仍含夜月重。
青琐朝回频极目，　却将郢曲咏年丰。

注释：

①日：《天府广记》作"月"。

卢沟晓月

河上人家尚掩扉，河中孤月荡寒辉。
清霜古店闻鸡早，^①落叶空林见客稀。
飞雁渐随秋影没，远山还映曙光微。
壮游记得从东道，匹马高吟此际归。

注释：

①清：《天府广记》作"沟"。

金台夕照

山色微茫映古台，　平原千里夕阳开。
谁知碧草遗基在，　曾见黄金国士来。
树绕河流天外去，　鸟翻云影日边回。
清时自重飞熊叟，^①不独奇谋得俊才。

注释:

①飞:《诗苑天声》《天府广记》《列朝诗集》均作"非"。

《毅斋集》卷四

王　绂

　　字孟端，号友石生，初隐九龙山，又号九龙山人，鳌叟。江苏无锡人。洪武初以能书画荐入翰林，擢为中书舍人。永乐间以墨竹名天下，为当时第一。绂亦博学善诗。人评其画竹曰："能于遒劲中出姿媚，纵横处见洒落。"其作品流传至今的有《山亭文会图》《竹石图》等，《石渠宝笈》中有其燕京八景图。著有《友石山房集》。

北京八咏

居庸叠翠

峰峦叠叠树冥冥，黛翠浮光向日横。

高笋青霄临北极，遥连紫塞到东瀛。

路通绝域来番使，天设重关壮帝京。

四海车书今混一，好磨崖石颂皇明。

玉泉垂虹

树杪潺湲落翠微，分明一道玉虹垂。

天潢低映广寒殿，地脉潜通太液池。

遥望直从云尽处，近听浑似雨来时。

煮茶不让中泠水，陆羽多应未及知。

琼岛春云

蓬岛楼台金碧晖，春云郁郁更霏霏。
曾为甘雨从龙去，又向朝阳逐凤飞。
玉几炉烟同缥缈，彤垣花雾共依违。
从来此地多佳气，五色文成绕禁闱。

太液晴波

翠浪粼粼带碧烟，瑶台西畔玉楼前。
九重地隔人间世，一片秋涵镜里天。
星斗转时银汉近，芙蓉开处彩云连。
此身已得随鹓鹭，共沐恩波祝万年。

蓟门烟树

雉堞微明散曙霞，重重烟树万人家。
轮蹄杂遝香尘暗，楼阁空濛酒旆斜。
翠柳阴边栖宿雨，绛桃繁处绚晴霞。
都人岁岁清明近，此地寻春竞物华。

西山霁雪

雪满西山绕帝城，凭栏清晓看新晴。
千章玉树临风倚，九叠银屏向日明。
都市酒香春已近，御沟冰泮水初生。
天应预报丰年瑞，万姓讴歌乐太平。

卢沟晓月

扈跸重来趣晓装,[①]鸡声残月树苍苍。

数峰云影横空阔,一带波光入渺茫。

人语暗喧孤戍犬,[②]马蹄寒踏满桥霜。

望中风景皆诗思,况复楼台是帝乡。

注释:

①趣晓装:《天府广记》作"促晚装"。

②犬:《天府广记》作"火"。

金台夕照

黄金此地曾延士,极目平川夕照斜。

水绕易城遗霸业,田连督亢属农家。

苍茫暝色烟中树,缥缈晴光雨外霞。

千古高台余旧址,西风残柳集寒鸦。

《王舍人诗集》卷四

梁　潜

　　字用之，江西泰和人。明洪武举于乡。永乐元年（1403），召修太祖实录，擢翰林修撰，代为《永乐大典》总裁。官至翰林侍读兼右春坊右赞善。作文纵横浩瀚，风格清隽，学者号泊庵先生。有《泊庵集》。

太液晴波

蓬岛前头太液池，　　摇风漾日动涟漪。
鱼龟已惯迎仙舫，[①]　鸥鹭应能识翠旗。
着雨锦蕖开晓镜，　　拂烟翠柳曳晴丝。
周人自昔歌灵沼，　　愿沐恩波一献诗。

注释：
①鱼：《天府广记》作“龙”。

《御选明诗》卷七十三

蓟门烟树

蓟门东望古城西，　　烟树重重远近齐。
玄圃人家行处好，　　瀛洲楼阁望中迷。
连翩宝马穿堤去，　　不断新莺隔水啼。
应待雨晴凉气入，　　绿阴深处酒重携。

《天府广记》卷之四十四

邹 缉

字仲熙，吉水人。明洪武中举明经，历官左庶子，兼侍读。以文学名重于时。永乐十九年（1421）三殿灾，缉上疏极陈时政缺失，凡数千言，几得祸。缉博览群书，居官勤慎，清操如寒士，其在东宫所陈皆正道。

西山霁雪

海上云收旭景新，^① 连峰积翠净如银。^②

晴光迥入千门晓，^③ 淑气先回上谷春。^④

瑶树生辉寒已散，^⑤ 琼林销冻暖偏匀。^⑥

玉堂相对题诗好，^⑦ 移席钩帘坐夕曛。^⑧

注释：

①海上云收旭景新：《天府广记》作"西山遥望起岧峣"。

②连峰积翠净如银：《天府广记》作"坐看千峰积雪消"。

③晴光迥入千门晓：《天府广记》作"素采分林明晓日"。

④淑气先回上谷春：《天府广记》作"寒光出壑映晴霄"。

⑤瑶树生辉寒已散：《天府广记》作"断厓稍见游麏迹"。

⑥琼林销冻暖偏匀：《天府广记》作"深谷仍迷野客樵"。

⑦玉堂相对题诗好：《天府广记》作"应日阳和气回早"。

⑧移席钩帘坐夕曛：《天府广记》作"登临未惜马蹄遥"。

玉泉垂虹

碧嶂云岩喷玉泉，　　平流宁似瀑流悬。①

遥看素练明秋壑，　　却讶晴虹饮碧川。

飞沫沸林空翠湿，②　　跳波溅石碎珠圆。③

传闻绝顶芙蓉殿，　　犹记明昌避暑年。

注释：

①平：《天府广记》作"长"；似：作"是"。

②沸：《诗苑天声》《御选明诗》《天府广记》均作"拂"。

③跳：《天府广记》作"激"；圆：作"圈"。

琼岛春云

仙山高处玉为台，　　五色春云拂曙开。

缥缈映空临禁掖，①　　氤氲承日护蓬莱。

碧窗朱户盈盈度，　　瑶圃琼林冉冉回。②

自是承龙佳气在，③　　应随鸾鹤共徘徊。

注释：

①临：《天府广记》作"连"。

②瑶圃：《天府广记》作"琼圃"；琼林：作瑶林。

③承：《天府广记》《诗苑天声》均作"成"。

《增定皇明馆课》卷之十三

居庸叠翠

□□西北拥居庸，①　　百叠参差积霭中。

草木常含春雨露，　　峰峦疑隔晚烟空。

云连朔漠提封远， 地拱神京控制雄。

万古峻关天设险， 长留黛色照高穹。

注释：

①原稿缺字。

太液晴波

万顷溶溶太液池，水文如谷叠晴漪。

春生蘋藻浮香气，暖泛凫鸥散羽仪。

风细锦堤龙影动，云开玉鳖日光迟。

年年上日宸游处，鱼鸟应随采仗移。

蓟门烟树

古城西北蓟门前，望见郊畿树似烟。

十里清阴遥带郭，万株浓绿上参天。

行人歇马偏留愒，游客听莺每见怜。

几度更看摇落处，长吟惟是夕阳边。

卢沟晓月

河桥残月晓苍苍，照见卢沟野水黄。

树入平郊分淡霭，天空断岸隐微光。

北趋禁阙神京近，南去征车客路长。

多少行人此来往，马蹄踏尽五更霜。

金台夕照

高台百尺倚都城，斜日苍茫弄晚晴。

千里山川回望迥，万家楼阁入空明。

黄金尚想招贤意，白发难胜慨古情。

看尽翩翩归鸟没，古原秋草暮云平。

《天府广记》卷之四十四

曾棨

字子棨，号西墅，江西永丰人。明永乐二年（1404）状元。他天性聪明，又博闻强记，人称"江西才子"。官詹事府少詹事，入直文渊阁。曾出任《永乐大典》副总裁。自解缙、胡广之后，朝廷大作多出其手。曾棨工书法，草书雄放，有晋人风度。谥襄敏。有《巢睫集》《西墅集》等。

北京八景

居庸叠翠

重关深锁白云收，　　天际诸峰黛色流。

北枕龙沙通绝漠，　　南临凤阙壮神州。[1]

烟生晡眼千岩晚，[2]露湿芙蓉万壑秋。

王气自应成五彩，　　龙文长傍日边浮。[3]

注释：

①临：《天府广记》作"连"。

②晚：《天府广记》《天苑诗声》均作"晓"。

③边：《天苑诗声》作"光"。

玉泉垂虹

跳珠溅玉出岩多，[1]尽日寒声洒碧萝。[2]

秋影涵空翻雪练，　　晓光横野落银河。

游溇旧绕芙蓉殿，　溟漾□通太液波。^③
更待西湖春浪阔，　兰桡来听濯缨歌。

注释：

①珠：《盛明百家诗选》作"米"。

②碧：《天府广记》作"薜"。

③原稿缺字。《盛明百家诗选》《天府广记》均为"遥"；通：作
"添"。

太液晴波

灵沼溶溶淑气回，玉泉初暖碧如苔。

风回鳌背山光动，日照龙鳞镜影开。

飞鸟惯随仙仗过，游鱼偏识翠华来。

愿倾池水成春酒，添进南山万寿杯。

琼岛春云

白是蓬莱第一峰，彩云千叠映芙蓉。

隔窗暝锁花枝湿，绕殿晴添柳色浓。

影度仙岩常带雨，光浮御苑尽成龙。

絪缊不独随天仗，更共祥烟护九重。

蓟门烟树

东风绿树绕郊畿，烟景苍茫霭曙晖。^①

夹道清阴停远骑，满林空翠湿征衣。

城边隐隐行人度，云际翩翩宿鸟归。

为报春来宜骋望，恐经霜后叶皆飞。

注释：

①茫：《盛明百家诗选》作"苍"。

西山雪霁

岧峣远岫倚苍冥，　积素才消拥画屏。^①
云影高连千嶂白，^② 日华光映数峰青。
林藏王气樵人识，　冰杂泉流野客听。^③
正欲登临穷绝巘，　余寒犹恐在岩扃。

注释：

①素：《天府广记》作"树"。

②高：《天府广记》作"尚"。

③泉流：《盛明百家诗选》作"流泉"。

卢沟晓月^①

渺渺平沙接远堤，　一川残月石梁西。^②
光连古戍迷鸿影，　寒逐清霜入马蹄。^③
云淡渐随银汉没，　烟空微映玉绳低。
经过曾此蹑仙跸，^④ 两度停骖听晓鸡。

注释：

①晓：《盛明百家诗选》作"晚"。

②残：《天府广记》作"斜"；梁：作"桥"。

③清：《天府广记》作"晴"。

④踣:《天府广记》《盛明百家诗选》均作"陪"。

金台夕照

昭王曾此筑高台，^①　日落城边霁景开。^②

尚想百金求骏骨，　　终知千里得龙媒。

树连平野烟光合，　　鸟带遥空暝色回。

总谓招贤从隗始，　　只今谁数乐生才。

注释:

①昭王曾此筑高台:《盛明百家诗选》作"昭王此处有高台"。

②日落:《盛明百家诗选》作"落日"。

《西墅集》卷八

周孟简

　　号竹涧。江西吉水人。明永乐二年（1404）曾棨榜进士第三人。授翰林院编修。孟简神清气和，心淳而志正，其学务求圣人之意，为文必本诸经，又博览诸子百家之书，受到朋辈推重。曾参与编修《永乐大典》。著有《竹涧集》《西垣稿》《两京吟稿》等。

琼岛春云

蓬莱山色晓苍苍，云气遥连玉殿傍。

缥缈不随仙仗散，氤氲长染御衣香。

每看捧日临双阙，更待为霖济八荒。

几度碧桃花王发，晴光五彩映霞觞。

《增定皇明馆课》卷之十三

王 英

字时彦，金溪人。明永乐二年（1404）甲申科进士，选庶吉士。历修撰、侍讲。累官南京礼部尚书。谥文安。改文忠。有《泉坡集》。

北京八咏

居庸叠翠①

千峰高处起层城，　空里岧峣积翠明。

云净芙蓉开霁色，②天清鼓角散秋声。

北连紫塞烽烟断，③南接金台驿路平。

此地由来天设险，④万年形势壮神京。

注释：

①居庸叠翠：《诗苑天声》作"居庸关"。

②净：《诗苑天声》作"静"；《天府广记》作"浮"。

③紫：《天府广记》作"青"。

④天：《诗苑天声》作"称"。

玉泉垂虹

阴崖翠湿雨微收，一派清冷万壑幽。

云里玉虹低映日，天边银汉迥涵秋。

影随斜月穿林过，香泛飞花出峡流。

涓涓不向人间去，细逐春风入御沟。

太液晴波

杜若花深雨露香，满池春浪接天潢。

楼台净写空中影，日月长涵镜里光。[①]

有像龟龙皆献瑞，无心鸥鸟亦随阳。

应知圣泽深如海，已有恩波及万方。

注释：

①长：《天府广记》作"常"。

琼岛春云

蓬莱拥翠开金殿，云气凝春胜彩霞。

晓色迥含千树柳，晴光深映万年花。

终为大地施霖雨，更傍层霄捧日华。

瑞采绅缊长不散，从来此处是仙家。

蓟门烟树

迢递重城带远岑，　烟中古木更森森。

繁枝不逐风霜老，　积翠应含雨露深。

杳霭残霞连暮色，　依微初日散轻阴。

枝头偏有流莺啭，[①]长送春声入上林。[②]

注释：

①枝：《天府广记》作"林"。

②长送：《天府广记》作"送尽"。

西山霁雪

天近诸峰尽向阳，暖融晴雪见春光。

素华叠映云霞色，瑞气多含草木香。

渐觉层林分远近，遥看空翠出微茫。

为语东风莫消尽，且留歌咏付山郎。

卢沟晓月

浑河东去日悠悠，斜月偏宜入早秋。

曙色微涵波影动，残花犹带浪花流。

疏钟欲度千门晓，疋马曾为万里游。

题柱谩劳回首处，西风零露满貂裘。

金台夕照

独上高台望古城，暮天风景尚含情。

数峰残照云将掩，几树闲花鸟自鸣。

玉帛已看今日会，黄金空记昔时名。^①

愿歌周雅思皇咏，多士衣冠盛镐京。

注释：

①空：《天府广记》作"宜"；昔：作"旧"。

《王文安公诗文集》诗集卷四

王　直

字行俭，伯贞子，泰和人。明永乐二年（1404）甲申科进士，改庶吉士，授修撰，在翰林二十余年。正统初，进礼部右侍郎，八年，拜吏部尚书，秉铨十四年，端方真亮，为时名臣。卒赠太保，谥文端。

太液晴波

太液风微驻骑游，碧波荡漾翠烟收。
晴摇凤彩云容动，暖泛龙光日影浮。
杨柳条长齐拂水，芙蓉香满不知秋。
谁谓弱流三万里？此中应即是瀛洲。

西山霁雪

双阙云开淑景移，诸峰雪罢见参差。
余寒尽散春深后，积素全消日上时。
岩前风暖有啼鸟，涧底水流微入池。
为喜丰年先献颂，朝回还和郢中辞。

金台夕照

日晚登临上古台，青山遥映夕阳开。
寒鸦带影天边去，野水浮光树杪来。
郭隗只知收骏骨，乐生终愧济时才。
圣主好贤今独盛，歌诗还咏北山莱。

《天府广记》卷之四十四

林 环

　　字崇璧，号絅斋，福建莆田人。明永乐四年（1406）状元。授翰林院修撰。升侍讲。预修《永乐大典》，为《书经》部分总裁官。林环识略过人，通晓世务，深得成祖器重，善诗文，著作颇丰。又工书法，擅长狂草。有《絅斋集》。

玉泉垂虹

　　　　浮花溅玉落崔嵬，　迥出千岩去不回。
　　　　白日半空疑雨至，　春林一道见烟开。①
　　　　日分秋影云边去，②风送寒声树杪来。
　　　　流入宫墙天汉近，　还同瀛海绕蓬莱。

注释：
①春：《天府广记》《絅斋集》均作"青"。
②日：《天府广记》《絅斋集》均作"月"。

西山霁雪

　　　　群山削玉远参差，　翠霭微分雪霁时。
　　　　日映林光浮凤阙，　暖添涧水到龙池。
　　　　峰头渐逐青烟散，①树杪疑含玉露滋。
　　　　一曲阳春人尽乐，　丰年已喜太平时。②

注释:

①青:《天府广记》作"轻"。

②喜:《天府广记》作"庆";《絧斋集》作"应";时:《天府广记》《絧斋集》均作"期"。

《增定皇明馆课》卷之十三

太液晴波

池头旭日散轻烟, 　开镜清光近九天。①

翠柳条长经雨后,② 　绿蘋香暖得春先。

御沟流出通金水, 　仙派分来自玉泉。

在镐几日培宴乐,③ 　永歌鱼藻继周篇。④

注释:

①清:《天府广记》作"晴"。

②条长:《诗苑天声》作"长条"。

③日培:《絧斋集》作"日陪";《天府广记》《诗苑天声》均作"回陪"。

④永:《天府广记》作"咏"。

琼岛春云

蓬莱云气晓氤氲,仙岛凌空接紫宸。

日上九重遥动色,春来五彩自成文。

花边暖映銮舆度,仗外低随宝扇分。

知是清时多瑞应,愿歌圣德答华勋。

蓟门烟树

苍烟绿树古城闉，野色微茫接去津。

长带清阴留醉客，远含空翠送行人。

连林叶暗千门夕，拂水枝长几度春。

却爱东风堤上路，花时驻马听莺频。

居庸叠翠

积翠岧峣北斗傍，云开千叠锦屏张。

连峰上接中天近，绝巘遥临朔漠长。

雪后烟岚分秀色，春来草木带恩光。

太平四海无烽警，不数秦关百二强。

卢沟晓月①

疏星寥落晓寒凄，　月色沙光入望迷。

野戍连云寒见雁，②人家隔水远闻鸡。

波间素采涵秋净，③天际清光映树低。

马上曾惊残梦断，④钟声遥度禁城西。

注释:

①此诗《御选明诗》为梁潜所作。

②戍:《诗苑天声》作"戌"。

③采:《诗苑天声》作"彩"。

④惊:《天府广记》作"经"。

金台夕照①

高台曾此置黄金，人去台空碧草深。

落日未穷千里望，青山遥映半城阴。

雁将秋色来平野，鸦带寒光过远林。

昭代贤才登用尽，不须怀古动长吟。

《絅斋集》七言律

萧时中

名可复，以字行，号东白，江西庐陵人。明永乐九年（1411）状元。授翰林院修撰。他为人温和，言行谨慎，谦虚礼让。永乐十二年奉命修《五经四书性理大全》等书。有《曲山三萧遗集》。

琼岛春云①

祥云天上拥瑶岑，缥缈絪缊接上林。

光绚九重频捧日，阴连万井欲为霖。

三春暖湿花枝重，九陌晴涵树色深。

何必蓬瀛沧海去，从龙长想此登临。

注释：

①此诗《石仓历代诗选》作为余学夔之作。

《增定皇明馆课》卷之十三

玉泉流虹①

石泉飞下碧嵯峨，溅玉跳珠湿薜萝。

影落半空悬素练，光垂一带泻银河。

朝宗远汇沧溟水，分注时添太液波。

几度上林花落处，偏因流向御沟多。

注释：

①此诗《石仓历代诗选》作为余学夔之作。

《诗苑天声》馆课集卷五

唐文凤

字子仪，号梦鹤，歙县人。与祖元父桂芳俱以文学擅名。明永乐中，荐授兴国县知县，改赵府纪善。文凤宰兴国，有政绩。著有《梧冈集》八卷。

赋宛平十景诗十一章送江弘德归新安（选）

黄金台

层台翼崇墉，作者费黄金。

黄金诚可惜，贤士亦可钦。

台成士奔义，金散得士心。

苟不慎所宝，徇物徒浮沉。

良辰方登临，送子情益深。

殷勤一斗酒，欲别还重斟。

居庸关

壮哉西北陲，岌嶪居庸关。

维天特设险，维地永奠安。

王化大无外，德并天地宽。

万夫不敢开，熊虎何桓桓。

拱挹京畿近，乐业民心欢。

今晨偶送客，叠翠侵衣寒。

卢沟桥

芦沟荡中流，石桥跨横截。
巀巕鳌背高，迢递虹影灭。
泠泠青蘋风，皎皎黄芦月。
往来行旅多，泥淖没车辙。
惜别歌骊驹，歌声何激烈。
矫首凉云飞，为送南归客。

玉泉山

荡荡神京地，峨峨玉泉山。
一涧洒雨细，云月飞雪寒。
银河绕云阙，玉虹挂天关。
中有龙所居，万古波不干。
为霖泽下土，丰年民物安。
行人挹苍翠，目送孤鸿还。

《梧冈集》卷一

许鸣鹤

字暨广，江西庐陵人。明永乐年间书法家，官中书舍人，与解大绅同受业詹孟举之门，行草沉着可爱。

居庸叠翠

山带孤城耸半空，势凌恒岳远相雄。

万壑烟岚春雨后，千峰苍翠夕阳中。

关门直拱神京壮，驿路遥连紫塞通。

自是中原形胜地，常时佳气郁葱葱。

《天府广记》卷之四十四

薛 瑄

字德温，号敬轩，山西河津人。明永乐十九年（1421）进士，官拜御史。景帝即位任大理寺丞。英宗复位，任礼部右侍郎兼翰林院学士，参与议决国家大事，后见奸臣乱政，即告老还乡。天顺八年在家逝世，诏赠礼部尚书，谥文清。著有《读书录》《续读书录》，有诗十卷传世。

神州八景

琼岛春云

昨夜东风海上过，玉京瑶岛得春多。
数峰秀色分金碧，满谷祥云绚绮罗。
映日已增千古瑞，随风频绕万年柯。
只看出岫为霖处，长济苍生乐泰和。

太液秋波

仙家岛屿绕瀛洲，一镜波澄淡霭收。
影浸玉楼先得月，光铺翠簟早生秋。
九霄气接银河迥，万顷风行雪浪浮。
自是此中涵帝泽，年年长向世间流。

玉泉垂虹

山泽从来一气通，山头飞瀑泻玲珑。

随云已作千秋雨，映日还为五色虹。

瑶涧金银腾宝气，碧霄珠玉溅高风。

若为剪取冰千尺，一洗尘怀万斛空。①

注释：

①斛：《河汾诗集》作"壑"。

居庸叠翠

玉峰相向复相连，一雨初收霁景鲜。

横界晓空青未了，平浮春野翠无边。

凤城佳气通朝霭，鳌海晴辉接曙烟。

自是古今天设险，皇图永奠亿千年。

卢沟晓月

一曲清流绕帝畿，宿云收尽曙光微。

疏星尚照离离影，残月犹涵淡淡晖。

霜滑石桥征铎响，风清沙渚塞鸿飞。

经行并觉尘埃尽，多少清光上客衣。

蓟门烟树

石门相对一川平，嘉树依依接凤城。

密绕溪村云未敛，半遮山寺雨初晴。

归鸦向夕穿新绿，娇鸟啼春护落英。

试向高原凝望处，只疑韦偃画初成。

金台夕照

千年玄社已消沉，尚有荒台仅数寻。

坏埒只今生翠藓，颓垣不复贮黄金。

山衔落日留残照，树拥孤云带夕阴。

骏马无声衰草合，冷风凉月暮虫吟。

西山晴雪

皇都一夜散瑶华，晓见西山霁景嘉。

照日冻泉封素练，蹴天潮海涨银沙。

晴晖近接仙人掌，爽气平浮上帝家。

多少玉堂挥翰手，此时清兴正无涯。

《敬轩文集》卷八

于　谦

字廷益，钱塘人。明永乐十九年（1421）辛丑科进士，授御史，历官兵部尚书。"土木堡事变"，他力排众议，拥郕王为帝，捍卫了大明一统。英宗复辟为徐有贞、石亨等诬陷弃市。成化初，追复原官。弘治初，赠特进光禄大夫、柱国、太傅。谥肃愍，万历中，改谥忠肃。

赋得玉泉垂虹

巨灵劈石迸流泉，万丈虹霓着地悬。
怒卷风雷趋瀚海，细分脉络贯长川。
千岩溅沫云应湿，一鉴澄空月正圆。
宝瓮谁能酿春酒，称觞献寿祝尧年。

赋得琼岛春云

玉垒金城七宝台，絪缊佳气自天开。
长依瑞日迎车辇，每逐仁风被草莱。
轻带春阴花外度，清随曙色柳边回。
广寒宫殿承恩处，曾睹龙文接上台。

《忠肃集》卷十一

朱瞻基

明仁宗朱高炽长子。永乐九年（1411）立为皇太孙；二十二年（1424）仁宗即位，立为皇太子。洪熙元年（1425）继皇帝位。次年改元宣德。宣德十年（1435）正月初三日，逝于乾清宫，享年38岁。

西山晴雪

初晴闲上蓬莱阁，最好西山雪后看。

银壁迴陵千仞表，玉莲秀出五云端。

归巢缟鹤应迷树，傍涧琼芝故耐寒。

不独凭高适清眺，丰年重为万民欢。

《御制集》卷三十八

西山晴雪诗（有序）

宣德壬子冬十一月癸未夜天气微和，瑞雪再降，不亟不徐，达旦而霁。人咸以为丰年之兆，予情忻悦，登凤阁望西山，但见群玉千里一色，因制词以识喜云。

脱布衫 带小梁州

喜看这山与云齐，喜看这雪正晴时。喜看这天花绚彩，喜看这玉龙献瑞。喜雪后微云四散飞，凤城外总是玉屏围。遥接太行西，明晃晃无边际。但见那松郁聋琼枝，与蓬莱阆苑同光霁，与龙楼凤阁联辉。湛西湖宝鉴中浸太液。冰壶里满望似瑶台，玉垒境界冠华夷。

《明万历纪录汇编》卷之八

乐府词

应教赋北京八景词（有序）

宣德庚戌秋，农务既闲，祗奉圣母皇太后鸾舆出游近郊，圣母览山河之佳丽，念八景之有名，命为歌词，谨遵命撰进，令侍者歌之以侑寿觞云——

点绛唇

寰宇雍熙，万方宁谧升平世。

美景良时，溥四海，皆春意。

混江龙

古今形势，看山河环拱壮京畿。万邦一统，八表同归。碣石东连沧海阔，太行西与白云齐。笋壁嶂，芙蓉露湿。壮金城，睥睨云低。瑞霭九霄腾王气，彩霞千叠粲朝晖。极四海，盘天际，地伟重关，献秀摅奇。雨露八荒均沛泽，梯航万国萃华夷。仰宗社，绵延有庆，祝圣慈，福寿天齐。环边境，总是太平时，囿苍生，共乐雍熙世。彩云庆会，瑞日光辉。

油胡芦

居庸叠翠

笋巑岏，雄关锁翠微。云雾里，龙腾凤翥势逶迤。芙蓉千叠飞空翠，画屏一带烟光媚。远望着，半空中，锦绣堆；细看处，五云边，翡翠围；跨龙沙万里临荒裔。直须是，千万世，壮京畿。

天下乐

玉泉垂虹

碧嶂流泉一派垂，透迤霜练飞。玉荡漾，曳晴虹，溜翠屏，涵日晖。声淅沥，透石岩，韵琮琤，响涧溪，似银河九天下坠。

那咤令

太液晴波

荡暖风翠堤，漾晴光绿漪，欣微波乍起。湛冰壶影里，鱼游池水湄，鸟鸣芳树底。菰蒲长，剑影翻，菡萏发，天香细。喜欢游，正及芳时。

鹊踏枝

琼岛春云

碧波深，彩云低。琼岛上，五色絪缊，妆点着十分妍媚。看无限繁华绮丽，近蓬莱，映日争辉。

寄生草

蓟门烟树

乐四野民生遂，壮重城地坦夷，四时中无尽欢游意。蓟门深，茂树攒空翠。淡烟凝，十里罗旌旗。芳辰争傍绿阴嬉，玉壶总向花前醉。看来往，人如簇。沸笙歌，尘满堤。莺啼燕语春明媚，青丝紫鞚人飘逸。

吴纱蜀锦身华丽，风调雨顺太和年，民安国泰清平世。

后庭花

西山霁雪

正严冬，飞雪坠。西山上，积素迷。万壑内，琼瑶飘洒。千岩里，六花乱堆。喜东风，潜回春意。布阳和，淑景移。渐中峰，开翠微。暖融融，春日迟。黛鬟分，露远眉。望天边，玉笋齐。半空中，图画披。

青歌儿

卢沟晓月　金台夕照

惊曙色，银蟾初坠。长桥外，马蹄声碎。转眼金台日又西。暝色凄迷，远树鸦啼，霜叶交飞。遥睇天涯，想前代此处，招贤筑台时，今须继。

尾

升平世，普四海生民无事，但祝慈颜万寿期。寸心长，难报春晖。正逢着美景良时，凤辇銮舆出禁闱。闲赏玩，睹山河壮丽。想八景，最繁华胜地。奉圣母万年欢寿，算与天齐。

《大明宣宗皇帝御制集》卷第四十四

林 文

　　字恒简。福建莆田人。明宣德五年（1430）林震榜进士第三人。授翰林院编修。正统初年升修撰。景泰年，升庶子仍兼侍讲。天顺初年，拜为翰林学士。宪宗即位，以旧讲读官升太常少卿兼翰林侍读学士。林文诗格温淳，自成一家，被士大夫们推为"醇儒"。

金台夕照

层台百尺耸高寒，晚景无边落照间。

光映残霞辉北阙，影垂薄霭挂西山。

林端树色催鸦集，云外钟声送鹤还。

归客吟行休策蹇，重门无事尚迟关。

《澹轩稿》卷二

李 贤

字原德，明邓州长乐林人。宣德八年（1433）进士。仕宣宗、英宗、代宗、英宗、宪宗四帝五朝。其《正本十策》，代宗作为座右铭。英宗复位后，入值文渊阁，加太子太保。英宗遇事必召李贤商议。英宗病重，当面委以托孤重任。卒赠太师，谥文达，人称贤相。

芦沟晓月①

金鸡唱彻扶桑晓，残月娟娟挂林杪。

长河斜抱凤池西，流彩遥连碧波杳。

横桥远亘如游龙，明珠影落长河中。

桂魄千层琥珀莹，蟾光万顷玻璃同。

霜叶飘飘缀马鬣，沙河闪烁黄金屑。

芦荻声干风力寒，烟霏才上银河灭。

往年几暇曾一临，碧波渺渺芦花深。

千官振辔发归骑，月华犹在西山岑。

注释：

①此下四首皆代言之作（选三）。

西山霁雪

太行西来几千里，突兀连峰半天起。

朔风吹雨凝作花，玉龙盐虎相偎倚。

嫩寒澄霁朝暾红，千峰万峰如发蒙。

瑶华散尽锦屏列，露出朵朵金芙蓉。

兹山见说多奇秀，况复清明景偏茂。

日射松梢翠欲流，云开石窦冰成溜。

卷帘坐对情何浓，预为吾民歌岁丰。

瑞麦连云先有兆，遗蝗入地潜深踪。

蓟门烟树

蓟门近与都城通，佳气葱葱一望中。

朝烟暮烟自漠漠，远树近树皆濛濛。

居民乐土今百载，间阎相望春长在。

榆柳分行似幌张，桑麻遍野如云暧。

红稀绿暗鸟声和，往来车马肩相摩。

酒馆纷纷笑语集，旗亭渺渺离情多。

都市楼台迷远近，殊方宾贡无停运。

须知此地异寻常，会教永作韶华镇。

《古穰集》卷二十一

刘定之

字主静，号呆斋。江西永新人。明正统元年（1436）周旋榜进士第三人。授翰林院编修，官至礼部左侍郎。他文思敏捷，知识宏博，以文学之名享誉中外。著有《呆斋集》等。

北京十景（选八）

琼岛春云

琼岛皇居北，春云散复阴。

凤飞丹夹日，龙卷黑为霖。

千仞升腾势，八荒帱昌心。

苍生待尧泽，翘首望何深。

太液晴波

雨歇波光好，宫旁太液池。

日涵金荡样，天浸玉涟漪。

鹊浴微漂氄，鳌潜偶露鬐。

彩舟终岁系，圣王罢娱嬉。

蓟门烟树

蓟门形胜最，烟树接中华。

天阙临三辅，云陵守万家。

院槐挐日落，台柳受风斜。
五鼓彤楼曙，纷纷散苑鸦。

西山霁月

帝城西引眺，山雪霁晶荧。
腊尽三回白，春还万古青。
锋铓光列戟，粉黑画连屏。
笑掩袁安户，琳琅亦满庭。

居庸叠翠

关塞依天险，居庸翠黛重。
左通沧海阔，右引大行雄。
自古华夷隔，方今覆载同。
辽金元种类，朝贡未央宫。

玉泉垂虹

山空云液泻，飞下翠岧峣。
珠喷蛟龙口，玉弯螮蝀腰。
成渊沉月镜，分滴洒天瓢。
闻香銮舆驻，淙音协九韶。

庐沟晓月

庐沟桐饯月，清晓川天隔。
民舍鸡声远，客涂骑影孤。
御人催出塞，商客些留垆。

题柱儒生过，怀哉翊帝图。

金台夕照

夕照燕台上，苍凉问世年。

径花金委坠，坡草碧芊绵。

霸图犹珍士，皇家更贲贤。

晚朝文石碱，禹趼此臣肩。

《呆斋集》

林 燫

字汝大，闽县人。明正统十二年（1447）丁卯科举人。有《海天长啸集》。

琼岛春云

蓬莱金碧映辉煌，五色祥云蔼上方。
缥缈淡笼琼苑树，氤氲遥湿御炉香。
光涵玉宇凝仙仗，影拂春花绕建章。
自是升平多瑞感，好将图画献君王。

芦沟晓月

芦沟月色蔼苍苍，万户千门曙景凉。
云气半侵茅店火，马蹄全踏板桥霜。
金鸡唱罢鸣天籁，玉漏声沉彻上方。
待得九重烟雾净，凤城春色散朝阳。

金台夕照

黄金销尽独空台，云木苍苍紫翠堆。
鸦噪夕阳归画堞，碑连暮霭翳苍苔。
平河水落芦沟远，古峡人从鸟道回。
圣代祇今多稷契，纷纷谁数乐生才。

《石仓历代诗选》卷四百三十九

岳　正

字季方，号蒙泉。顺天府漷县人。明正统十三年（1448）彭时榜进士第三人。授翰林院编修。英宗复辟，改修撰，特旨以原官入阁。岳正生性豪放，敢于仗义直言，任相仅二十八天，被放归故里为民。宪宗即位，官复内侍书之职。岳正一生以清高自许，俯视一世。其诗文高简峻拔，直追古人。著有《类博稿》十卷。

琼岛春云

蓬岛琼台近紫微，春云重叠映空飞。

凌风缥缈随仙仗，傍日氤氲捧禁闱。

时霭龙纹浮瑞气，^①还成凤采焕晴晖。

几回天上为霖去，仍向岩前伴鹤归。

注释：

①气：《诗苑天声》作“色”。

《增定皇明馆课》卷之十三

李东阳

　　字宾之，号西涯，茶陵人。明英宗天顺八年（1464）登进士第，殿试二甲第一，授编修，累迁侍讲学士。弘治年间，官至太子太保、户部尚书、谨身殿大学士。正德七年辞官。从此深居简出，以诗酒自娱。李东阳上承台阁体，下启前后七子，形成了以他为首的"茶陵诗派"。著有《怀麓堂集》《怀麓堂诗话》等。

京都十景（选八）

琼岛春云

瑶峰独立倚空苍，[①]　云去云来两不妨。
旋逐春寒生苑树，[②]　更随晴日度宫墙。
玉皇居处重楼拥，　太史占时五色光。
若与山龙同作绘，　也须能补舜衣裳。

注释：

①峰：《天府广记》作"风"。
②苑：《诗苑天声》作"远"。

太液晴波

太液池头春水生，更无风雨却宜晴。[①]
鸟飞不动朱旗影，鱼跃时惊彩栅声。
天上银河非旧路，人间瀛海是虚名。

何如周围开灵沼，长与君王乐治平。

注释：

①却：《天府广记》《诗苑天声》均作"只"。

居庸叠翠

剑戟森严虎豹蹲，直从开辟见乾坤。

山连列郡趋东海，地拥层城壮北门。

万里朔风须却避，千年王气镇长存。

磨崖拟刻燕然颂，圣德神功未易论。

西山霁雪

雪后西山爽气增，　冻云消尽出峻嶒。

眼看万壑遍一白，　谁遣六月生层冰。

岩窦有泉浑欲滴，　石根无路转愁登。

飞楼缥缈空寒外，①　几度凭高兴不胜。

注释：

①缈：《天府广记》作"缈"。

玉泉垂虹

玉泉东下转逶迤，百尺虹霓欲倒垂。

石蠈正当山断处，林光斜映雨晴时。

惟将远色兼天净，不恨微涓到海迟。

五老峰前才一派，可能消得谪仙诗。

蓟门烟树

蓟丘城外访遗踪，树色烟光远更重。

飞雨过时青未了，落花残处绿还浓。

路迷南郭将三里，望断西林有数峰。

坐久不知迟日霁，隔溪僧寺午时钟。

卢沟晓月

霜落桑干水未枯，晓空云尽月轮孤。

一林灯影稀还见，十里川光澹欲无。

不断邻鸡催短梦，频来征马识长途。

石栏桥上时翘首，应傍清虚忆帝都。

金台夕照

往事虚传郭隗宫，荒台半倚夕阳中。

回光寂寂千山敛，落影萧萧万树空。

飞鸟乱随天上下，归人竞指路西东。

黄金莫问招贤地，一代衣冠此会同。

《怀麓堂集》卷十六

谢 铎

字鸣治，号方山，亳州太平人。明天顺八年（1464）甲申科进士，与同榜李东阳一起入翰林院为庶吉士，次年授编修。秩满，升侍讲。历官礼部右侍郎，掌国子祭酒事。正德三年病卒于家。赠礼部尚书，谥文肃。著作颇丰，有《桃溪净稿》等。

太液晴波

太液池边春水平，日华浮动暖风清。

溶溶帝泽此中满，滚滚仙源何处生。

一碧浸来天地老，万红流尽古今情。

建章宫畔当年事，回首斜阳梦已惊。

琼岛春云

蓬海分明在眼中，暖云高捧玉芙蓉。

春阴欲下清虚殿，（朝彩先浮最）上峰。①

瑶管声中迷去鹤，金根影里护飞龙。

夜（来）雨过知多少，②试向东郊问老农。

注释：

①原版本字迹无法辨认。据《盛明百家诗选》补。

②原版字迹不清，据《盛明百家诗选》补。

居庸叠翠

谁设重关壮帝宫，迢迢形势北来雄。

鸟飞裂石连云起，龙走长冈到海穷。

塞草远分天外碧，狼烽不送日边红。

闭门谢却阴山路，时见晴岚度晓风。

《桃溪净稿》卷之一

倪　岳

字舜咨，上元人。明天顺八年（1464）进士。入翰林，为编修，进侍读，擢礼部右侍郎，进尚书。"仪文制使，多所拟定。"弘治年间，倪岳为南京吏部尚书，加太子少保。谥"文毅"。

京师十景图诗（选八）

金台夕照

谁筑高台势半倾，昔人犹慕好贤名。

天于白日自今古，士与黄金随重轻。

返照又兼飞鸟没，残霞时傍断虹明。

萧萧易水知何地，登眺惟深感慨情。

琼岛春云

移得三山小朵峰，春深长见暖云封。

势凭天阙无高下，影落人寰有淡浓。

崒崒一拳疑踞虎，缤纷五色想从龙。

须知岁岁为霖雨，四海神功自九重。

蓟门烟树

旧雨年来已罢飞，新春深绿护林霏。

千家远树连民坞，十里重门接帝畿。

佳气凌空疑缥缈，轻云笼日正熹微。

纷纷车马朝天路，芳润犹惊暗湿衣。

太液晴波

池头新涨涌盘涡，宿雨初增太液波。

明月有时沉宝镜，好山终夕蘸青螺。

自缘江汉朝宗近，怪得鱼龙变化多。

万顷汪洋涵帝泽，不须天上挽银河。

玉泉垂虹

曾探山罅汲深清，一曲泉流玉色明。

偃蹇虹霓云外影，玎琮环佩月中声。

飞空疑欲成朝雨，漾日从教报晚晴。

东接天潢知不远，万年长绕凤凰城。

居庸叠翠

都城王气接居庸，晴黛氤氲入望浓。

峭壁倚云笼翡翠，颠厓过雨出芙蓉。

争奇突起三千尺，设险平凌百二重。

北尽龙沙东到海，祇应万里属提封。

西山霁雪

琪花入夜舞纤纤，晓日西山万象兼。

晃漾不分琼岛路，参差微露玉峰尖。

虚疑冻合芙蓉殿，便觉寒生翡翠帘。

何处可人闲拄笏，乾坤一色动遐瞻。

芦沟晓月

桑干汹涌到芦沟，分得黄河一派流。

波影疑从天上落，曙光应傍月中浮。

千山玉蝀晴初见，五夜银蟾晓未收。

人语鸡声迷远近，帝城西畔古桥头。

《青溪漫稿》卷七

程敏政

字克勤，号篁墩。安徽休宁人。明成化二年（1466）罗伦榜进士第二人。授翰林院编修。他身为名臣之子，十岁即以神童荐召，诏读书翰林院。又才高八斗，颇为同僚所忌妒。弘治十二年春，程敏政为会试主考官。给事中华昶弹劾程敏政鬻题给举人唐寅、徐经。于是，程敏政被污下狱。出狱后，被勒令致仕。不久，因一腔愤懑无法发泄，"疽发背卒"。著有《咏史诗》《篁墩稿》等。

琼岛春云应制

五色氤氲晓未开，一春长绕玉峰来。

成祥顷刻非无意，行雨分明是有才。

御气远通花萼殿，灵根偏护柏梁台。

望中忽感从龙念，恐有遗贤在草莱。

《篁墩文集》卷六十四

林　瀚

字亨大，号泉山，闽县林浦乡人。明成化二年（1466）进士，授编修，官至南京兵部尚书。林瀚性刚直，刘瑾假传圣旨，贬其为浙江左参政，勒令致仕。正德五年，刘瑾被诛。林瀚官复原职。卒赠太子太保，谥"文安"。著有《经筵讲章》《泉山集》以及古典历史小说《隋唐志传通俗演义》。

应制蓟门烟树

千章嘉树蓟门东，树色苍茫接远空。

几抹淡烟春杳霭，一林佳气晓蓊葱。

楼台隐映青山外，车马依稀紫陌中。

啼鸟飞来如有意，绿阴深处语东风。

《石仓历代诗选》卷四百九

戴 缙

字冠卿，广东南海人。明成化二年（1466）丙戌科进士，任监察御史、累官至南京工部尚书。

金台夕照

落日台空伯气消，黄金已尽草萧萧。

即今盛世兴贤哲，燕市无劳买骏招。

《岭南文献》卷之三十一

陆　简

　　字廉伯，号治斋，别号龙皋。江苏武进人。明成化二年（1466）罗伦榜进士第三人。授翰林院编修。为东宫讲读。曾出任乡、会试考官。官至侍读学士。李东阳称其文章"缜密峻洁，力追古作"。著有《龙皋文集》。

癸卯岁十月居庸关候朝

天设重关限塞垣，居庸层叠翠巑岏。

山河百二归龙准，貔虎三千尽鹖冠。

侍卫令严宵月白，周庐人静夜霜寒。

欣逢四海为家日，愿祝皇图永治安。

《增定皇明馆课》卷之十三

赵 宽

字栗夫，世居吴江之雪滩，因号半江。明成化十七年（1481）辛丑科进士，仕终广东按察使。为文雄浑秀整，行草亦清润。有《半江集小传》。

题芦沟晓月图

银河半落长庚明，城高万户皆鸡声。

长桥卧波鳌背耸，上有车马萧萧行。

苍烟淡接平芜迥，沙际朦胧见人影。

举头一望天宇高，残月苍苍在西岭。

《御选明诗》卷四十三

费　寀

　　字子和，号锺石，铅山人。正德六年（1511）辛未科进士。改庶吉士。授编修。状元费宏之弟。入侍讲筵，预修武宗实录成，升春坊赞善，累官礼部尚书。太庙成，加太子少保，数奉召入西内，赐直庐，加少保。卒赠光禄大夫，谥文通。有《锺石集》。

居庸叠翠

　　攒峰绝磴万重山，万古都城第一关。
　　列嶂隔离天以外，盘根直到海之间。
　　寒光迥扫秋风净，佳气平随夕照还。
　　南去北来吾老矣，相看谁更是苍颜。

《费文通公文集》卷之二

魏　裳

字顺甫，蒲圻人。明嘉靖二十九年（1550）庚戌科进士。性质直，博举工诗文。罢归后，杜门著书，后进所师事。著有《云山堂集》六卷，裳与南昌余曰德（字德甫）、铜梁张佳允（字肖甫）、新蔡张九一（字助甫）同有文名，时称为"四甫"。又为王世贞所称后五子（四甫外加汪道昆）之一。

西山晴雪

蓟苑春回雪未残，西山积素失青峦。

光摇三殿晴云合，色照千门晓日寒。

琼岛忽移天阙近，玉峰遥倚帝城看。

梁园此夕还堪赋，况复邹枚兴未阑。

《云山堂集》卷一

何东序

字崇教，号肖山，猗氏人。明嘉靖三十二年（1553）癸丑科进士。尝守徽州。以右佥都御史巡抚延绥。母丧，千里徒步归，庐墓三年。复起，以忤高拱归田，几四十年，始卒。门人私谥曰文钦。有《九愚山房诗集》十三卷等。

燕京八景

太液晴波

滋液层城内，汾洄万户同。
谁将天汉渚，遥借建章宫。
游豫回銮日，逍遥放舸风。
烟波明浴鹭，堤柳暗长虹。
妙契如斯理，渊临若济功。
百川赴海意，到此即无东。

西山霁雪

玉岭霞初敛，横斜逼上京。
彤阶留御瞩，奇绝在蓬瀛。
歌路飘黄竹，翻花带紫荆。
光通鳷鹊迥，寒拥鹔鹴轻。
下里惭高调，元臣应帝赓。

万方三见白，计日贺春畊。

金台夕照

最忆燕昭日，寒将易水回。

贤王不复起，此地尚高台。

百尺凌霄汉，千秋蔓草莱。

宾门如有待，翘馆讵无才。

白璧常倾士，黄金故作媒。

悬知鱼水际，一德颂休哉。

琼岛春云

□□□□□，^①逍遥禁籞长。

天连三岛路，地切九仙乡。

覆苑烟含雾，遥空轸接房。

楼台摹峻极，花鸟竞回翔。

云态歌初歇，宸游乐未央。

三元占太史，万户总迎祥。

注释：

①原文首句残缺。

玉泉垂虹

谁掣香炉电，迢迢挂帝封。

垂天疑蠕蝀，喷壑倒芙蓉。

汉象回三殿，风声度五钟。

山灵蹊望幸，玉女佩相从。
皇鉴横汾陌，尧尊湛露重。
大酺将禊饮，同此从飞龙。

居庸叠翠

帝宅光南面，关山控北荒。
凭高殊览眺，历历尽金汤。
玉涌蓬莱近，云摽碣石长。
黄花迷雁骑，白草断狼望。
周室犹中策，轩游不下堂。
明王今有道，畅表颂无疆。

芦沟晓月

野度喧流毂，疏星动玉栏。
芦沟千里月，拂曙度桑干。
带谷悲笳重，乘槎傍斗寒。
菱光分水态，雁影乱沙团。
长乐钟应近，升仙露未残。
殊方同玉帛，明发向长安。

蓟门烟树

塞雁春归候，卢龙雨色深。
门临孤竹影，风擎五松阴。
绿野丛初日，金明接上林。
常涵睿泽润，希放□尘侵。①

乔木尧封号，甘棠召伯吟。

兼之占国脉，不独岁寒心。

注释：

①原稿残字。

《九愚山房稿》卷之十

徐显卿

字公望，号检庵，长洲人。明隆庆二年（1568）戊辰科进士。万历
十五年詹事府詹事，兼翰林院侍读学士，掌院事。升右侍郎仍兼侍读学
士。著有《天远楼集》二十七卷。

题燕台八景

太液晴波

太液落云汉，不雨腾蛟龙。
青天十二楼，倒景金芙蓉。

琼岛春云

天上群玉山，不与人间似。
春来万木中，常有片云紫。

芦沟晓月

长安一片月，芦沟桥上多。
秋风天半急，吹堕小黄河。

金台夕照

黄金高台上，苜蓿高台下。
扬鞭问落日，可识千里马。

居庸叠翠

星辰乱绝壁，雁飞不得路。
夜半铁光寒，惟有将军度。

蓟门春树

自为蓟门客，颇爱蓟门树。
白鸥天际来，指点沧江路。

玉泉垂虹

金山生玉泉，孤亭大漠中。
秋风连易水，白日垂长虹。

西山霁雪

蓟门三月寒，西山隔岁雪。
地气有不同，天时本无别。

《天远楼集》卷之八

林　章

本名春元，字初文，福清人。明万历元年（1573）癸酉科举人。累上不第，尝走塞上从戚继光将军。挈家侨居金陵，性好公正。又旅燕京十年。有《林初文诗选》一卷。

燕台八景

琼岛春云

帝城佳气郁纷纷，　　故向青天起作云。

山入蓬莱开缥缈，　　日浮华盖动氤氲。

千峰雨气连□动①，　　万树烟光傍晓分。

每自紫宫临望后，　　东风吹送几斜曛。

注释：

①原稿残字不辨。

太液晴波

汉流平接五云堆，袅袅□波十里回①。

鸀鹋观头风日静，凤凰池上水天开。

青山自拂春屏落，绿树都翻晓镜回。

海晏河清看处好，不妨潋滟此中来。

注释:

①原稿残字不辨。

玉泉垂虹

中天风物不胜情，流水行云日夕生。

滴沥分花甘露冷，氤氲绕树彩虹明。

广寒殿下霓裳影，长乐宫前玉佩声。

元是内家歌舞地，长桥近接碧华清。

金台夕照

芳草斜阳总不悭，篴声吹落暮关山。

风烟淡荡东天转，江海苍茫西日还。

九陌鸡声春树里，六宫凤吹彩云间。

水流花映时时好，看到归鸦意独闲。

芦沟晓月

飘飘堪作广寒游，无限清辉向曙流。

雁拂数星银汉落，花飞片雾玉河浮。

宫钟遥递寒城夜，戍角悲生古塞秋。

云树微茫三十里，一条明月到芦沟。

西山霁雪

何处彤云汗漫过，散将白雪满山阿。

天花晴覆龙庭树，海日寒摇鹫岭波。

一色川原开玉塞，九重城阙对银河。

春风到后融成瀑，其奈昆仑六月多。

蓟门烟树

如此芳菲妒杀侬，春风何日出卢龙？
依依塞柳青千里，历历关榆绿万重。
紫气迤西连汉阙，青天直上下尧封。
不应说是边头路，一片城烟带几峰。

居庸叠翠

黄沙不动白云悬，西塞山川剧可怜。
走马上连廿八宿，飞狐中断卅三天。
青归首蓿千秋雨，翠落芙蓉万顷烟。
为问弃繻关外去，几人勒石控燕然。

《林初文诗文全集》卷七五六

焦 竑

字弱侯，号澹园，山东日照人，户籍江苏江宁。明万历十七年（1589）状元。授翰林院修撰，被选为皇长子讲官。后辞官归乡，专事著述。焦竑博览群书，知识渊博，尤精史学，为东南儒者之宗。他治学勤奋，兼工书法。著有《澹园集》《焦弱侯问答》《玉堂丛语》等。

西山雪霁

燕山雪片大如掌，咫尺千岩迷下上。

朝来爽气忽西生，琼花瑶岛森相向。

霁景偏宜高处看，壮怀欲豁且凭栏。

霏微似借鸣珂色，旖旎翻增银烛寒。

忆昨流澌冰夜结，凛凛朔风吹地裂。

回首青天一夜开，树影山光争皎洁。

探梅何处最幽奇，驴背偏提随所之。

郢中一曲还谁和，预作丰年纪瑞诗。

《诗苑天声·馆课集》卷二

张元芳

福建人。明万历十九年（1551）九月，由监生任顺天府大兴县丞（正七品），二十一年与宛平知县沈应文编纂《万历顺天府志》。

燕台八景

蓟门烟树

长安西望不胜情，草色青青阴复晴。

鸦带片云归别塞，雁衔落日下孤城。

村深远见荒烟断，柳暗遥分野戍平。

极目狼烽千里静，独余边月照连营。

玉泉垂虹

一派清泠听不穷，灵源遥傍翠微宫。

寒流溅石鸣珠佩，影落悬岩挂玉虹。

夜静涧桥时带雨，月明水殿晚生风。

飞龙直奋三千尺，终逐波涛作化工。

卢沟晓月

禁城曙色望漫漫，霜落疏林刻漏残。

天没长河宫树晓，月明芳草戍楼寒。

参差阙角双龙迥，迤逦沟桥匹马看。

万户鸡声茅舍冷，遥瞻北极在云端。

西山霁雪

层峦积素喜初晴，寒入青天万里城。
树色遥分银海曙，山光远映玉楼清。
花迎北阙春风散，地厂西山夜月明。
见说至尊歌白雪，愿赓郢曲答升平。

太液晴波

十里芙蓉接素秋，晴光潋滟拥丹丘。
虚涵太液云千顷，影弄琼华月一钩。
鱼鸟飞潜天上下，楼台掩映水沉浮。
望中更有神仙侣，此地宸游胜十洲。

琼岛春云

蓬岛春云覆槛前，花娇柳嚲更含烟。
闲随碧落从龙起，暮向青山伴鹤眠。
天际依稀琼树缈，螭头缭绕玉楼悬。
还看触石为霖去，遍洒长江万里天。

金台夕照

花满春城兴独饶，冯虚千里欲凌霄。
归鸦暮绕黄金阙，垂柳烟笼碧玉桥。
天入楼台开锦绣，波含日月隐岧峣。
不妨酒醉燕王市，几处斜阳听凤箫。

居庸叠翠

重关迢递接燕台，万叠芙蓉落照开。

地拥峨嵋连北险，天随铜马自东回。

浮云故向青山出，细草遥承翠霭来。

笑指单于争受款，汉家今日有雄才。

《宛署杂记》志遗八

黄　辉

字平倩，一字昭素，南充人。明万历十七年（1589）己丑科进士，改庶吉士，辉刻意学古，一以韩、欧为师，时同馆中诗文推陶望龄，书画推董其昌，辉诗及书与齐名。由编修迁右中允，官终少詹事。有《怡春堂》集。

西山雪霁

北风昨日雨成花，西山何处迷归鸦。

晴旭今朝上辽海，雪残唯见西山在。

霁色平临碣石开，素晖斜落轩辕台。

郁葱况复诸陵近，爽气横分紫禁来。

层冰积雪俱流水，西山彩翠长如此。

掩映晴云百万家，凭陵朔气三千里。

凤城西望不知寒，马上朝回秀可餐。

瑶琴自解高山意，谁道阳春和曲难。

《诗苑天声·馆课集》卷二

陶奭龄

字君奭，又字公望，号石梁，又号小柴桑老，陶望龄之弟，浙江绍兴人。明万历三十一年（1603）癸卯科进士。王阳明之三传弟子。与其兄陶望龄并称"二陶"，均以讲学于白马山闻名。

琼岛春云

蓬莱岛屿春画晖，　春天摇曳晴云飞。

轻阴忽带日光薄，　岭树欲迷风力微。

遥怜孤影泛仙盖，　已作五色明彤闱。

东郊台笠苑墙□，[①] □石乍去成霖归。[②]

注释：

①原稿残字不辨。

②原稿残字不辨。

《歇庵集》卷十九

唐时升

字叔达，明嘉定人。师事归有光，得其指授，发为诗文，咸有矩度。二十多岁弃举子业，在家专门研究古学。与娄坚、程嘉燧常常一起布衣杖屦，外出游玩，谈诗论文，意气扬扬。人称古代学人，有仙人气韵，号为"练川三老"。所著有《三易集》。

燕中八景

太液澄波

石鲸礕躨欲乘风，紫阁重重倒影中。
夜半渔人灯火散，起看明月出龙宫。

琼岛春云

春色先归汉主家，千门万户隐烟花。
宫中竞献长春酒，酿取峰头五色霞。

金台夕照

千山紫翠远氤氲，车马纷纷带夕曛。
圣代只今求国士，不知谁是望诸君。

卢沟晓月

忆昨西郊送客亭，晓风残月酒初醒。

桑干河畔丝丝柳，只向行人手里青。

居庸积翠

胡霜朔雪满燕山，谁点空青表汉关。
为语六宫开玉镜，可将深浅入眉间。

蓟门新荫

春入平林万木苏，青霞碧雾接皇都。
七香车里人如玉，掩映新妆在画图。

玉河流水

天遣银河绕建章，白虹宛转出宫墙。
内家乱弃蔷薇露，直到人间觉异香。

西山霁雪

一夜妆成白玉京，彤云散后更分明。
忽疑邓尉梅花发，旭日微烟载酒行。

《二易集》卷六

爱新觉罗·玄烨

　　清朝第四位皇帝，年号康熙。八岁登基，十四岁亲政。康熙帝是统一的多民族国家的捍卫者，奠定了清朝兴盛的根基，开创出康乾盛世的局面，有学者将其尊为"千古一帝"。康熙六十一年（1722）农历十一月十三日崩于畅春园。庙号圣祖。在位六十一年，是中国历史上在位时间最长的皇帝。

远望西山积雪

积雪西山秀，仙峰玉树林。

冻云添暮色，寒日淡遥岑。

《圣祖仁皇帝御制文集》卷三十四

尤 侗

字同人，一字展成，号悔庵，又号艮斋，晚年自号西堂老人。江南长洲人。明诸生。康熙十八年（1679）举博学鸿儒，授翰林院检讨，参与修《明史》。二十二年告老归家。尤侗才情敏捷，文名早著。所撰《西堂杂俎》盛行于世。其著作浩繁，大都收入《西堂全集》和《余集》中；另有《鹤栖堂集》诗、文各三卷。

花犯

西山晴雪

遍皇州，玉龙纷舞，千门六花绕。燕台高眺。见一点西山，装作琼岛。翠微低处斜阳照，朔风飘不了。掩映着、瑶林琪树，烟中飞白鸟。

我来蓟丘笑行囊，空余几两屐，卧游难到。灞桥畔，趁不上、剡溪一棹。翻追忆、故园雪夜，万峰里、梅花消息早。只好倩、小楼铁笛，吹霜天角晓。

《西堂诗集》百末词卷五

张能鳞

　　字玉甲，又字西山，顺天大兴人。清顺治四年（1647）进士。除浙江仁和县知县，涉升四川按察司副使。康熙十八年举"博学鸿儒"试，罢归。能鳞学宗程、朱，于金溪姚江直指为禅，陆陇其亦甚称之。著有《西山文集》九卷等。

合咏京师八景

西山佳气雪光浮，缥缈垂虹泉水悠。

琼岛彩云春色丽，液池晴日暖波流。

风霜晓度卢沟月，烟树遗离蓟塞秋。

怀古金台空夕照，居庸犹自壮神州。

雪后西山霁色开，飞泉遥映玉虹来。

波翻太液鱼龙动，云绕琼华星汉回。

爽气雄关横翠黛，夕阳古迹照金台。

蓟门虽已迷烟树，尚有卢沟对月杯。

《大兴县志》艺文卷

郭 棻

字快圃，清苑人。清顺治九年（1652）壬辰科进士，官至翰林院侍读学士，累迁翰林院侍读，至内阁学士，兼礼部侍郎。他工诗文、善书法，时鸿篇巨制多出其手，文笔与华亭沈荃齐名，有"南沈北郭"之誉。书法妙绝，堪于赵孟頫、董其昌媲美。有《学源堂文集》十八卷等。

金台夕照　集字

草间荒阜自岑岑，慨是昭王下士林。

落雁飞沙仍地气，空山涧水见天心。

斜阳入树青苍变，苦雾漫台狐兔侵。

霸迹贤踪都可吊，只今人但说黄金。

芦沟晓月　集字

涛翻星斗度桑干，促迫征人更漏残。

野水沙明鸡唱早，孤城烟澹月光寒。

马行戍垒高低影，雁起芦花远近滩。

才过虹桥迤逦望，五云多处是长安。

其二

古渡荒荒远抱沙，征人行处树烟遮。

西山摇动云浮镜，北海熹微树引霞。

杨柳风残河两岸，虹桥鸡唱市千家。

不知车马长安客，几度芦沟见月斜。

蓟门烟树　集字

青霞碧霭郁氤氲，历历晴看古蓟门。

万里松杉连怪石，一天云雾锁荒屯。

卢龙尽处沧溟接，白马乾时黄洛昏。

想见当年雄虎豹，尚余残垒枕高原。

西山霁雪　集字

天将白练卷西山，一夜东风放却还。

剔透槎枒疑树秃，削成窈窕觉云顽。

金光几点几重寺，翠霭一丛一处湾。

为惜旧游惊复喜，洗空题句碧峰间。

《学源堂诗集》卷之六

李昌祚

字文孙，生而颖异，祖若愚以远大期之。清顺治九年（1652）壬辰科进士，选庶常，授检讨。出祚分守河北，郄馈遗、革陋规、兴水利、息讼、省刑，河北人至今思之。升浙西副使，未三月，迁大理寺卿。尽心平反，昭雪无辜，移病归里卒。

西山霁雪

郁葱山色傍云生，昨夜凌空雪有声。

坐看数峰天际迥，远从千涧夕阳明。

人依北阙春先到，鸟入青霞雾似平。

几带螺痕堆晚翠，苍苍暮气下寒更。

《真山人后集》诗卷之下

余 缙

字仲绅，号浣公，诸暨高湖人。清顺治九年（1652）中进士，初授河南封丘知县，十六年为山西道御史，继调河南道御史。年五十七致仕。著有《大观堂集》《家训》等。

望西山积雪

联峰兀天柱，积雪翳其巅。

晴原喜青出，万玉辉素颜。

佳气贯城阙，近疑楹宇间。

岂无嵯岈树，鸷岫相岩岩。

遥挹雪崖下，老衲松树前。

愿得惠风畅，与君相往还。

《大观堂文集》卷四

爱新觉罗·胤礼

　　清康熙帝第十七子，雍正帝异母弟，旗籍正红旗。幼从学沈德潜，豁达识体，不参与皇权之争。且又聪明持重，政绩斐然。工书法，善诗词，好游历。雍正即位封果郡王，以效力忠诚，晋果亲王。十三年四月，回京。雍正病危，受遗诏辅政。乾隆即位，命总理事务。乾隆三年卒，年四十有二，谥毅。著有《春和堂》《静远斋》诸集。

帝京十景诗（选八）

琼岛春云

青帝回銮入太微，瑶峰面面覆云衣。
为霖有意晴还湿，出岫无心暖未归。
乍见金枝蟠翠岭，旋看紫盖护彤扉。
从龙霄汉非难事，五色时时傍六飞。

太液晴波

荣光五色帝时多，鱼藻诗成发棹歌。
织女机丝通汉水，影娥台榭瞰汾河。
翠华高揭空中月，彩柍遥添雨后波。
浪说瀛洲绕裨海，蓬莱一水碧嵯峨。

居庸叠翠

太行东下势如奔，三叠高台虎豹蹲。
到海仍鞭苍石去，际天惟度白云痕。
车书万里通南服，锁钥千秋壮北门。
回首狼烟都不举，桑麻影里罢边屯。

蓟门烟树

蓟邱雨过碧云横，远树迷离逗早晴。
日射柔条含露重，风吹眠柳著烟轻。
透春娇鸟花间哢，碾碧香车镜里行。
最是阳和多景物，浮埃不动酒旗平。

西山霁雪

群玉山头望欲空，帝城云母列屏风。
花开琼树轻烟散，玉满蓝田晓日烘。
芝草谷深迷四皓，御炉香暖醉三公。
仙郎白雪今犹和，尽与终南景色同。

卢沟晓月

太白离离北斗横，修途骚马戒装行。
凄迷寒月征人影，断续荒鸡旅店声。
南服长征通鲁卫，东流分派入幽并。
石栏桥下周京路，十里晴沙似掌平。

金台夕照

萧条落叶隔溪闻，寂寞荒台一径分。

暮霭横空遮远树，归鸦将子入重云。

雄师已压齐东郡，骏马应空冀北群。

惆怅千年一回首，高城白草自斜曛。

玉泉垂虹

石磴盘纡走白虹，泠泠环佩和松风。

乍看激潋空中泻，应有江河绝顶通。

练影平分高碧翠，落花低逐御沟红。

镐京自昔神灵宅，瀍涧东西辑瑞同。

《皇清文颖》卷七十一

西山晴雪

满庭霁色映晴峦，皎洁山容欲画难。

几处瑶华留树杪，一条练影界云端。

光含初日琼楼迥，冻接平原玉海宽。

要识乾坤清气象，更乘霁月卷帘看。

《春和堂诗集》卷一

爱新觉罗·博尔都

　　字问亭，号东皋渔父。清宗室，被封为三等辅国将军。他的宦途不甚得意，生活也很冷清。尽管如此，博尔都却刻意为诗。他的居处在东皋，有枫庄、爽园，剜竹引泉，结亭种树，与大可、阮亭、钝翁、愚山、其年、梁汾、耦长等名家，摊书绕座，具醴留诗。著有《问亭诗集》等。

太液晴波

紫荇红蕖浥露茎，迎薰亭畔报新晴。

鲸鱼射眼云霞敛，玉蝀凌波雪浪平。

秋水远摇山嶂动，晚天倒映月华明。

乘舆暇日临于沼，一片涵虚漾太清。

玉泉垂虹

霏微细雨度山椒，霁后横铺百尺桥。

沙岸波翻珠万斛，柳枝风动碧千条。

游鱼牵藻摇朱幌，落日连云散锦幖。

爱看风光重陟顶，芙蓉小阁倚天腰。[①]

注释：

①原注：旁有吕仙洞芙蓉殿。

西山霁雪

云开迢递群峰白，正是皑皑雪霁时。

石壁峻嶒排玉案，花梢摇曳缀银丝。

山腰束素路云杳，屐齿冲寒意未宜。

归向来青轩里坐，玉壶春酒喜相随。

居庸叠翠

北枕神京西压秦，峻嶒耸翠接青旻。

重关夜度云中月，半岭花明雪后春。

绿树红英缠锦带，氄衣乌角裹山巾。

秦皇万里功何在？此处疑为天地垠。

《问亭诗集·白燕栖诗草》卷二

赵士麟

字麟伯，号玉峰，云南河阳人。清康熙三年（1664）甲辰科进士，授吏部主事。历郎中，擢光禄寺少卿，三迁至左副都御史。二十三年，授浙江巡抚。复缮城隍，修学校，亲莅书院，与诸生讲论经史及濂、洛、关、闽之学，士风大振。二十五年，移抚江苏。寻召为兵部，调吏部，皆能举其职。三十七年，卒。祀浙江名宦。

燕京八景

西山霁雪

凭高西望瑞花零，旸谷春回寒尚停。
万顷琉璃浑不夜，九天霜露逗遥青。
层楼日映凝鸳瓦，小阁窗晴散鹤翎。
独有岭梅偏耐冷，隔溪先报一枝馨。

太液晴波

澄波千顷淡烟笼，日映扶桑荡碧空。
霁色倒连霄汉上，晴光直与斗牛通。
石鲸偃卧长堤侧，玉𬯎低垂曲槛中。
此地融和宜泛鹢，须知尺水亦朝东。

居庸叠翠

神州天险首居庸，淑气钟祥秀影重。

翠岭交横连朔漠，玉屏盘郁锁王封。
烟尘寂静旌旗绕，草木蒙茸雨露浓。
圣世山川多锦绣，登高作赋几人从？

琼岛春云

宫殿参差近日华，三山深锁似仙家。
洞门窈窕含春雨，石磴萦纡接彩霞。
自有流莺闲啄玉，不须乳燕更衔花。
置身已在广寒里，月夜无烦访海槎。

玉泉垂虹

飞瀑凌空百丈悬，苍苍珍木俯流泉。
金门蜿蜒春风下，玉殿翔翔秋月前。
波溅珠玑穿锦砌，音谐丝竹助歌筵。
从来帝泽深无限，仗尔为霖佐百川。

金台夕照

高丘突兀枕京畿，怀古登临日已微。
九陌风烟连夕照，满山乌鹊乱残晖。
儿童驱犊田间返，羽骑携禽野外归。
忆昔谁能收骏骨，空余台榭白云飞。

卢沟晓月

桑干遥隔帝城西，鱼钥初开堞影迷。
宛宛长堤疑积雪，阴阴旅店渐鸣鸡。

关门尘动浑河合，驿路寒生古木低。

多少轮蹄从此去，回看残月不胜悽。

蓟门烟树

春树溟濛积翠苔，蓟城车马少尘埃。

南瞻紫极云初合，北眺青门雨欲来。

小市桥头人影散，垂杨堤畔鸟飞回。

清明寒食多游此，笑对桃花自拨醅。

《读书堂诗集》卷三十五

陆 菜

原名世枋，字次友、义山，号雅坪，浙江平湖人。康熙六年（1667）进士。康熙十八年开博学鸿词科，应试中选"博学鸿儒"一等，授翰林院编修。主福建乡试、顺天乡试。三十三年，康熙御试翰林院、詹事府诸官八十九人，大考亲拔列为第一，超擢内阁学士，兼礼部侍郎衔，总裁诸书局。后一年，告归故里。著有《雅坪文稿》十卷、《诗稿》四十卷等。

花犯

西山晴雪

夜如何，未催晓箭，冰蟾满庭曙。

小楼凭处。拥千顷银涛，散为琼圃。

早霞浅着微红晕，玉光暖几许。

且笼袖，画眉纤指，青螺休染误。

划然佩环倩天公，移山近紫阙，冷晖凝注。

拟策蹇，高梁下，杖钱囊句。

招仙骥，阆风飞去，记往日，西泠堤外住。

曾细嚼，梅花香瓣，朗吟秋水注。

《瑶华集》卷十四

陈梦雷

字则震，号省斋，又号天一道人，晚年号松鹤老人，福建侯官人。清康熙九年（1670）进士，选庶吉士，授翰林院编修。自康熙四十年十月起，陈梦雷根据"协一堂"藏书和家藏图书共15000余卷，开始分类编辑。经过"目营手检，无间晨夕"的辛勤劳动，到康熙四十四年五月，终于编成大型类书《古今图书集成》。该书内容繁复，区分详晰，刊印后，即受各方好评。清人张廷玉称："自有书契以来，以一书贯串古今，包罗万象，未有如我朝《古今图书集成》者。"外国学者赞誉该书为"康熙百科全书"。陈梦雷为清代著名的大学者，一生颠沛流离，编著丰富。

琼岛春云

御苑春深昼漏迟，洞天佳胜晓云披。

葱葱瑞霭迎风聚，冉冉游丝触石奇。

寒色不侵三岛树，晴光长护万年枝。

山龙补衮还应绘，五彩文章更陆离。

太液晴波

太液风清水自流，晴光万顷望中收。

千条柳色围明镜，十里荷香护御舟。

凤吹随波回碧落，龙楼倒影入沧洲。

金鳌桥上堪翘首，静倚雕栏数白鸥。

蓟门烟树

蓟丘古道好停鞍，绿树菁葱入望妍。

翠色淡浓春雨幕，清阴断续晓霜天。

花明别墅游人度，日落平原猎骑旋。

回首凤城看未远，苍茫偏恨隔云烟。

居庸叠翠

雄关高控朔方雄，叠嶂青苍一望中。

翠壁双悬磨日月，松涛万仞挟雷风。

秋深草短看鸣镝，春暖花明较射熊。

边帅从容烽火静，题诗勒石莫论功。

西山霁雪

长安霁色入春来，西望瑶台八面开。

草缀琪花藏翠黛，林攒玉树护莓苔。

朝霞倒映姿偏淡，夜月同光影不猜。

天半画图谁仿佛，孤山移种万峰梅。

玉泉垂虹

叠嶂飞来水一泓，晴霓如练亘空横。

每随江月澄寒影，乍逐天风作雨声。

濯秀平川芳草润，分流上苑御沟清。

长安尘土三千尺，洗耳还须策杖行。

金台夕照

昔日招贤称胜事，相传此地筑金台。

千金骏骨高风远，万里平原晚照开。

草色参差侵古道，松阴凌乱傍云隈。

霸图寂寞何人问？但有寒鸦向夕来。

芦沟晓月

桑干寒月影茫茫，桥上征人逐晓光。

掩霭带星沉远树，朦胧披雾下危樯。

平沙雁度三秋水，茅店鸡啼一夜霜。

残梦惊心续未得，伫看朝旭耀东方。

注释：

①原注：得一道人曰：此题者多矣，未见恰好者何也？盖此题有宜冠冕者琼岛、太液是也；有宜苍凉者蓟门、金台是也；有宜雄壮者居庸是也；有宜清旷者西山、玉泉、芦沟是也；此不过因物赋形遂成合作。

《松鹤山房诗集》卷四

詹 贤

字左臣，号耐庄，江西乐安县人。少聪颖敏慧，力学不倦。十六岁入学，衡文者即以英绝领袖目之。康熙二十四年（1685）膺拔贡，后任江西德化县教谕，迁国子监学录。著有《詹铁牛文集》《诗集》等。

京都八景

太液清波

空明如镜白于霜，一派遥通百谷王。
满注冰壶光潋滪，平拖银练影微茫。
轻风缓击湘妃佩，素月闲陪洛女妆。
最喜溶溶骀宕处，特饶清碧映天潢。

琼岛春云

平远菁葱过眼频，忽从西苑见嶙峋。
氤氲似挹蓬山气，缭绕凝飞沧海尘。
金马门开占太史，青牛关启度真人。
凝眸静体空中意，苍狗白衣妙入神。

西山霁雪

瑞木高撑伴紫微，凝寒缀作六花飞。
堆残晓晕容偏媚，拥出朝霞影欠肥。

破冷鹅毛仍细细，弄晴蝶粉故霏霏。
天然一幅王维画，排列层霄拱帝畿。

金台夕照

燕昭遗响寄荒台，此日登临真壮哉！
易水有情风未冷，西山无恙月将来。
飘扬自觅齐纨举，绚烂谁将蜀锦裁。
独对斜曛思国士，岂应沦落济川才。

玉泉垂虹

崒嵂淋漓两擅奇，泠泠石溜欲何之。
波心画就谁传谱，水面文成自得诗。
艳起霄端罗锦绮，彩横天外列涟漪。
武陵高处悬幽赏，流出桃花色正宜。

卢沟晓月

石梁横列壮天京，晋水遥分砥岸平。
夜露欲霏滋顼赑，晨曦将动显蓬瀛。
一规渐褪还留影，双曜同舒素结盟。
青眼未迷堤畔柳，征车何日罢逢迎。

蓟门烟树

扶苏蓊郁五云间，纵目全收锦一弯。
春日细招莺睍睆，夏林将变鸟绵蛮。
枫江夜舞霜前影，松岭晴舒雪后颜。

天府自来需拱卫，特留屏翰列青班。

居庸叠翠

冀北燕南锁钥雄，神州一柱笋天中。

玉门襟带青烽引，函谷咽喉紫气通。

川岳影连情霭霭，云霞光配色熊熊。

谁将谢朓惊人句，搔首高吟啸碧空。

《詹铁牛续集》卷之一

程瑞祊

字宗衍、号碧川。清初休宁人，康熙三十年（1691）贡生，官内阁中书。

居庸叠翠

天清爽气射疏棂，百里烟光接杳冥。

雪霁雄关山似戟，云连远岫翠如屏。

松横峭壁年年绿，雨洗芙蓉岁岁青。

历遍缁尘闲远眺，羁人京国眼初醒。

《槐江诗抄》卷之三

陈　瑸

字文焕，号眉川，海康人。清康熙三十三年（1694）进士。任福建巡抚，累官福建巡抚，浙、闽总督。清廉卓绝，圣祖称为"苦行老僧"。尝言："贪取一钱，即与百千万金无异。"历官应得银数十万两，俱交公费或济民，卒时仅一布袍、衾而已。官民感泣。康熙五十七年卒。赠礼部尚书，谥清端。著有《清端集》八卷。

京师八景奉和应制原韵

太夜晴波

神功浩荡自天开，浴日波光抱镜回。
三殿薰风春雨露，一轮明月玉楼台。
临池视草球玑落，侍晏联班鹓鹭来。
作赋甘泉追往事，应多西蜀子云才。

西山霁雪

晨起登楼最上层，太和元气遍薰蒸。
山容自并雄关列，雪影如拖疋练澄。
声响三余淆炭凤，花飞六出避霜鹰。
不须别擅营邱笔，万壑千岩秀已增。

玉泉垂虹

如虹直泻出天根，派别支流孰并尊。

地脉效灵龙隐跃，鳌头喷玉浪层翻。

远观已比秋山肃，近挹还同春日温。

墨客词人争赞赏，寻源难得到昆仑。

居庸叠翠

秦关层叠入云峰，拱护神京万里封。

豹略龙韬环棨戟，星岩斗壁列芙蓉。

蜿蜒长白祥初发，控驭岢岚气独钟。

未雨绸缪操胜算，北来形势正当冲。

琼岛春云

恍从天半起朱霞，京国春明景致嘉。

仙子楼居人倚玉，名园磴道石生花。

云扶日出常疑近，辇逐波回不受遮。

闻道金牛风月好，那堪此地较繁华。

蓟门烟树

蓟门形势重邦畿，绿绕千章翠四围。

松秀虬枝云作盖，槐张午荫日环扉。

万家烟火连双阙，一统河山御六飞。

应有老人歌击壤，寻常听罢欲忘归。

金台夕照

筑台远慕辟门风，今日流传燕故宫。

骏骨犹来千里市，黄金常带夕阳红。

吟残霞露思秋水，筮遇风山得渐鸿。
又见征车逢盛典，搜罗草泽一时空。

芦沟晓月

纷纷车马暮云边，历遍高山涉大川。
壮丽欣瞻丹禁下，驰驱突过白沟前。
题桥人指长安近，问月宵从碧汉悬。
为爱停骖舒远眺，尘襟涤尽见光天。

《陈清端诗集》卷十

陈至言

字青崖，号山堂，萧山人。清康熙三十六年（1697）丁丑科进士，官翰林院编修，充内阁《一统志》纂修官总裁，御试两擢第一，两充会试同考官，卒于任。著有《菀青集》。

琼岛春云

玉屿浮晴濑，春风卷薄云。

着枝明似絮，入水细生纹。

剪白吹还断，攒青湿不分。

无心长出岫，舒卷自纷纷。

太液晴波

仙源环水殿，新涨落天河。

不动银疑练，分明玉作波。

看峰铺晓皱，黛色破春罗。

一抹昭阳树，朦胧镜里多。

《菀青集》五言律诗一

芦沟晓月

晓角声催古道中，一轮明月挂长虹。

银河倒泻阴山雪，玉练横吹碣石风。

寒浸流澌惊猎骑，影分沙碛急归鸿。

遥看极北龙城里，千里秋光卷碧空。

其二

玉龙百丈俯潺湲，天半遥通霄汉间。

边月平临铺朔漠，秋云不动拥西山。

鸡鸣茅店寒催杵，马踏霜桥晓渡关。

不尽桑干河下水，乘槎直上几时还。

《菀青集》七言律诗

芦沟晓月

晓月垂空照太清，虹桥天半跨蓬瀛。

无边驿树重重影，不尽寒云片片明。

玉垒遥看平野阔，银潢低接远山横。

登临极目芦汀白，多少关河一望平。

其二

秋高露白满桑干，月挂孤城戍角残。

疏影横侵连碧汉，平沙空阔漾晴澜。

遥峰天外雄关近，晓勒风嘶野渡寒。

千尺飞桥垂雪练，行人疑作玉虹看。

《菀青集》七言律诗三

李钟峨

　　字雪原，又字雷泉，号芝麓，四川省通江县兴隆乡人。清康熙四十五年（1706）丙戌科进士，翰林院庶吉士，历翰林院讲读等。雍正癸卯广西乡试正主考。官翰林院检讨。曾任《三朝实录》《一统志》等各馆纂修官，主编《盛京志》等，著述甚丰。著有《雪鸿堂文集》二卷等。

燕山八景

琼岛春云

瑶屿春光满，晴云次第飞。

乘风尤缥缈，映日转霏微。

制服天姬美，征祥圣主祈。

六龙时出入，触石即相依。

太液晴波

淡泞含天象，斋沦浃地维。

平看春意阔，斜验月痕低。

远渚鸥飞急，轻涟风到迟。

就中鱼在藻，颂首乐咸宜。

玉泉垂虹

素练垂清汉，晴霓绕碧虚。

渊澄终若海，汪濊已成渠。
宛转经天阙，弯环绕帝居。
流行皆化育，灵气日容与。

蓟门烟树

蓟北多霜雪，荫成讵十年。
如云晴霭霭，似雾雨绵绵。
合沓中林地，撑开四壁天。
烟云饶古意，收载米家船。

居庸积翠

秀色横天半，岧然壮帝京。
群山皆拱伏，高岫独峥嵘。
浅黛描朝爽，深蓝泼晚晴。
銮舆勤省岁，端竦欲来迎。

西山霁雪

北阙天光净，西山寒气深。
平临皆玉案，环列实琼林。
洁可精诗思，清堪矢素心。
未须嫌彻骨，松柏喜相寻。

金台夕照

承恩趋玉署，休暇憩金台。
世杳遗踪在，天空夕照来。

远鸿遵渚去，残雨抱村回。

俯仰交情重，遥怜羊角哀。

芦沟晓月

烟浦鸡声乱，云衢桂魄东。

露华浮水白，曙影漾波红。

澄澈星河敛，晶莹天地空。

重轮分一照，今古许相同。

《雪鸿堂诗集》卷二

诸起新

字千维，号卓山。清康熙四十五年（1706）丙戌科进士，初授庶吉士，受张玉书举荐，入翰林，历官翰林院检讨。饶有文名，以疏于晋接为憾者所中，解职归里，不数月而卒。

帝京八景

琼岛春云

禁苑通天阙，春波接五云。
峰迷仙仗外，渚隔玉河濆。
阁道垂虹饮，炉烟散夕曛。
升平多盛事，瑞霭动星文。

太液清波

圣泽长汪濊，蓬池涌碧波。
川原环锦绣，宫殿映巍峨。
浴日龙蛇动，垂纶鲂鲤多。
曾闻歌燕镐，窃喜赋卷阿。

玉泉垂虹

神虬初裂石，疋练落层霄。
气象吞云梦，风雷压海潮。

奔腾千涧润，洄洑百川朝。
大慰云霓望，长空驾玉桥。

蓟门烟树

蔚葱佳气聚，万里净烽烟。
春树浮城阙，晴云沸管弦。
霏微连夕照，掩映间山川。
极目郊圻地，恩波近日边。

居庸叠翠

青嶂成天险，黄沙带翠微。
芙蓉千瓣簇，苜蓿九原肥。
明月临关晓，秋风度雁飞。
销烽已岁久，山色冷征衣。

西山霁雪

三辅同云后，西山朝爽来。
银光吐绛阙，寒气散璇台。
万壑松生雨，千峰瀑戛雷。
丰年方作颂，燕谷报春回。

金台夕照

千载尊贤地，高台峙夕阳。
烟凝秋树碧，花发古藤香。
旧迹河山永，英风日月长。

至今怀郭隗，骏骨尚超骧。

芦沟晓月

虹梁跨雪浪，碧月照轮蹄。

曙色秋河阔，晨星戌鼓低。

金城知拱极，玉钥听鸣鸡。

重译乘轺客，共球到此齐。

《续姚江逸诗》卷之七

杨开沅

字用九，号禹江，江苏山阳人。原籍山西，南宋时其先祖徙山阳。清康熙四十五年（1706）丙戌科进士，选庶吉士，授编修，直武英殿，批注《御选唐诗》。曾与黄百家共同纂辑《宋元学案》。

京城八景诗

琼岛春云

仙山凝瑞霭，春气望中深。

轮囷扶金阙，氤氲护宝林。

龙文分列岫，凤羽散遥岑。

紫陌霑余泽，崇朝颂作霖。

太液晴波

荣光澄素沼，明镜朗灵湫。

荷净珠擎盖，鱼游彩漾舟。

瑶台悬倒景，碧殿沾清流。

岂乐同周圃，还看润九州。

玉泉垂虹

方流疏派远，屈注落回波。

拂雨滋琼树，飞云溉玉禾。

虹桥千涧度，素练半天过。

乍可乘槎上，璇源问绛河。

蓟门烟树

绿树接平原，浓阴识蓟门。

塔标林杪寺，帘指雨中村。

叶密莺声滑，风高雁影翻。

遥知佳气满，葱蒨五云根。

居庸叠翠

雄关连翠巘，锁钥北门扃。

虎卧临三辅，龙盘据八陉。

岚光侵塞紫，霁色入天青。

形势神京社，徘徊欲勒铭。

西山霁雪

晴旭帝城西，千山玉树迷。

光分瑶阙丽，气压碧岭低。

积素通银海，浮岚炫彩霓。

只疑天表近，云路可攀跻。

金台夕照

碧草连空暗，黄金此筑台。

市惟千里骏，基合万年培。

虹散流残照，霞飞映古苔。

清时多稷契，谩数郭生才。

芦沟夜月

桑干流晓月，潋滟傍微云。

辙迹因霜浅，波光带树分。

征人余梦醒，嘶马隔津闻。

万国朝宗道，清华曙景纷。

《国朝馆阁诗》卷五

吕谦恒

字天益，又字涧樵，河南新安人，吕履恒之弟。康熙四十八年
（1709）己丑科进士。雍正间，官至光禄寺卿，以老致仕。谦恒工诗，
著有《青要集》十二卷。

芦沟晓月

缥缈近皇州，烟空晓月浮。

轻风来碣石，清影漾芦沟。

鼓角声逾壮，云霞淡似秋。

委波金在冶，挂汉玉为钩。

地迥楼台峻，天回象纬幽。

辉辉分马色，晢晢掩星流。

霁向虹桥敛，霜因桂魄留。

光连春水涨，阴借柳枝柔。

远树开青嶂，平沙净碧洲。

鹊飞惊曙早，人语入关稠。

云物登临胜，邦畿控制周。

圣人方省岁，耕作喜宸游。

《青要集》卷七

刘廷玑

字玉衡，号在园。清康熙年间人。曾官内阁中书、浙江括州（今丽水）知府、浙江观察副使。他自幼酷爱诗文，少负文名，其散文集《在园杂志》四卷，由著名剧作家孔尚任作序。独树一帜，内容丰富，包罗万象，知识性很强，是少有的佳作，其中燕京八首，为其浙东禅友（好扶鸾之技），游京师时廷玑延其书斋所作，其作者的真实姓名一时无考，仅将诗作照录于下：

琼岛春云　青莲

一抹青烟万缕霞，栽来片片絮寒沙。
林迷野墅千重碧，鸟度斜阳九极赊。
春想衣裳香露冷，风来帏幔暗㮚斜。
连朝暧㻩何堪似，楚楚青螺衬绛纱。

玉泉垂虹　云长

静谷寒波挂碧峰，万山雨后一天红。
飘摇欲卷旗旌舞，汗漫长飞海岳空。
玉柱有光擎大地，石潭无影动游龙。
丈夫极目争长啸，剑气铮铮贯九重。

太液澄波　云英

芙蓉池水碧于烟，秋梦偏长最可怜。

红镜欲飞鸳黛懒，翠翅深锁凤台悬。

相思镂月酬团扇，冷韵敲风泣暮蝉。

放下水晶端正绮，轻描莲幕唤飞仙。

蓟门烟树 刘晨

塞草沙风不胜春，万林晴霭上枫宸。

东来已望层云薄，西去犹知远黛陈。

看尽古今余壮气，磨来日月倍精神。

自与凤城相对好，参差青影接嶙峋。

居庸叠翠 萧史

欲上关前眺玉都，岚烟不碍白云孤。

层波汗漫天风碧，苍黛嶙峋王气扶。

浓淡远铺千树锦，参差遥接百花图。

何须羌笛悲春事，今古兴亡若是夫。

卢沟晓月 王方平

洪涛西去镜孤飞，送老燕山客路危。

杨柳断桥千里梦，莺花长店十年非。

利名场上英雄锁，今古愁中岁月围。

多少五陵豪贵客，苍然芦荻吊轻肥。

金台夕照 刘安

郭隗功业几春秋，驻马斜阳燕水流。

骏骨不枯声价重，雄襟未托意相投。

云光远护秦关杳，剑气高飞帝阙浮。

最是荆轲知己恨，天涯老去任虚舟。

西山霁雪　刘海蟾

一壶天地一瓢诗，极目晴岚任所之。

林暮欲明烟淡淡，峰回才转树差差。

镜含绛玉人依鹤，天锁琼台月浸池。

不避晴辉酬世眼，万巅招饮映琪枝。

《在园杂志》卷四

阿克敦

字仲和，章佳氏，满洲正蓝旗人。清康熙年进士。改庶吉士，授编修。历侍讲学士、内阁学士，擢兵部侍郎。世宗即位，兼翰林院掌院学士。乾隆八年（1743）授满洲镶蓝旗都统，旋兼翰林院掌院学士。后升刑部尚书、协办大学士，高宗出巡，皆命留京办事。后致仕。

西山积雪八韵

帝居端北极，山势抱西城。

凹凸寒光合，参差素影清。

千峰攒玉树，万壑满琼英。

候冷消难尽，风回舞尚轻。

最宜新月白，还爱夕阳明。

皎洁连空迥，晶莹带野横。

丰年占上瑞，圣德格精诚。

徒倚频舒眼，遥添入望情。

《德荫堂集》卷三

沙钟珍

字彦弢。东皋人。清康熙年间人。官岳州别驾。

燕山杂咏

卢沟

高原独立晓风凉，目送浑河入渺茫。
拱极云连鼍鼓浪，卢沟月照马蹄霜。
西山木落砧声急，北塞天寒草色黄。
桥畔经年频饯客，无边秋色识行藏。

太液

风恬云淡水光明，凤阁玲珑出帝城。
万顷晴波涵日动，一池玉浪有龙行。
人吟柳岸看鸥浴，鸟弄花香解客酲。
疑是桃源深邃处，芳洲杜若袭衣清。

玉泉

层楼高阁逼青霄，天外群峰倍寂寥。
但见玉泉喷石髓，谁知古殿自金朝。
丹山碧水流虹带，绿树青云映彩桥。
多少幽人闲眺望，清风明月好逍遥。

《东皋诗存》卷之二十二

爱新觉罗·弘历

雍正帝第四子，雍正十三年（1735年）即位，改年号乾隆。在政治上实行"宽严相济"之策，整顿吏治，优待士人；经济上奖励垦荒，兴修水利，促进了封建经济的繁荣；军事上多次平定西部少数民族贵族叛乱，完善了清朝对新疆和西藏地区的管理，奠定了今日中国的版图。嘉庆四年病逝，终年八十九岁。

燕山八景诗

琼岛春阴

琼华瑶岛郁嵯峨，春日轻阴景色多。
云护凤楼松掩映，瑞凝仙掌竹婆娑。
低临禁苑滋苔藓，远带郊畿荫麦禾。
更向五云最深处，好风时送九韶歌。

太液秋风

秋到宸居爽籁生，玉湖澄碧画桥横。
荷风晚送残香气，竹露凉敲绿玉声。
翠合三山连阆苑，波涵一镜俨蓬瀛。
由来禁籞林泉好，行乐还同万物情。

玉泉垂虹

涌湍千丈落垂虹，风卷银涛一望中。

声震林梢趋众壑，光浮练影挂长空。
跳波激石珠丸碎，溅沫飞花玉屑红。
自此恩波流处处，公田时雨泽应同。

西山晴雪

银屏重叠湛虚明，朗朗峰头对帝京。
万壑晶光迎晓日，千林琼屑映朝晴。
寒凝涧口泉犹冻，冷逼枝头鸟不鸣。
只有山僧颇自在，竹炉茗碗伴高清。

蓟门烟树

苍茫树色望中浮，十里轻阴接蓟邱。
垂柳依依村舍隐，新苗漠漠水田稠。
青葱四合莺留语，空翠连天雁远游。
南望帝京佳气绕，五云飞护凤凰楼。

卢沟晓月

兰若霜钟断续鸣，卢沟晓月正西横。
苍烟淡接平芜迥，曙色才分远水明。
傍岸人行闻犬吠，蹩波风动见鱼惊。
车驰马骤长安道，何限低徊旅宦情。

居庸叠翠

居庸天险列峰连，万里金汤固九边。
雄峻莫夸三峡险，崎岖疑是五丁穿。

岚拖千岭浮佳气，日上群峰吐紫烟。

盛世只今无战伐，投戈戍卒藝山田。

金台夕照

燕台遥望淡烟濛，返照依稀禁籞东。

是处人家图画里，一川风景夕阳中。

溪头棹响归渔艇，牛背箫声过牧童。

千古望诸留胜迹，几回凭吊向西风。

《御制乐善堂全集定本》卷二十四

望西山积雪

天然图画开屏障，琼树瑶葩不识名。

记得河阳生动笔，直教人在座中行。

《御制诗集初集》卷二

赋得太液秋风

秋容入液池，水面得新诗。

始向莲根漾，徐从蘋末吹。

过桥低玉练，度浦闪金漪。

鱼跃疑迎爽，舟行忽忘迟。

来兮更何自，逝者乃如斯。

恍忆洞庭上，微风叶脱时。

《御制诗初集》卷三十四

赋得太液秋风

兰舟浮太液，葭岸起秋风。

觉得波纹细，分来日影融。

偃芦惟益白，经蓼尒已辞红。

几度濯清处，吟怀迥不同。

《御制诗初集》卷四十四

乾隆十六年御制燕山八景诗叠旧作韵

琼岛春阴

承光殿之北，孤屿瞰临北海，相传为辽之琼华岛。上多奇石，宋艮岳之遗，金人辇致于此，今为永安寺，悦心其便殿也。

艮岳移来石发哉，千秋遗迹感怀多。

倚岩松翠龙鳞蔚，入牖篁新凤尾娑。

乐志讵因逢胜赏，悦心端为得嘉禾。

当春最是耕犁急，每较阴晴发浩歌。

太液秋风

太液池在西苑，中亘长桥，列二华表，曰金鳌、玉蝀。北为北海，南则瀛台。西京赋所称，沧池漭沆，列瀛洲夹蓬莱者，方斯蔑矣。

微见商飔蘋末生，　　镜澜玉蝀影中横。

非关细雨频传响，　　何事平流忽有声。

爽入金行阊阖表，　　波连瑶渚趯台瀛。

高秋文宴传佳话，[①]　已觉犁然今昔情。

注释：

①佳话：《石渠宝笈》作"嘉话"。

玉泉趵突

西山泉皆沃流，至玉泉山势中豁，泉喷跃而出，雪涌涛翻，济南趵突不是过也。向之题八景者目以垂虹，失其实矣。爰正其名，且表曰天下第一泉，而为之记。

> 玉泉昔日此垂虹，史笔谁真感慨中。
>
> 不改千秋翻趵突，几曾百丈落云空。
>
> 廓池延月溶溶白，倒壁飞花淡淡红。
>
> 笑我亦尝传耳食，未能免俗且雷同。

西山晴雪

西山峰岭层蠹，不可殚名，因居京城右辅，故以西山概焉。高寒故易积雪，望如削玉。今构静宜园于香山，辄建标其岭志之。

> 久曾胜迹纪春明，叠嶂嶙峋信莫京。
>
> 刚喜应时霭快雪，便教佳景入新晴。
>
> 寒村烟动依林袅，古寺钟清隔院鸣。
>
> 新傍香山构精舍，好收积玉煮三清。

蓟门烟树

《水经注》蓟城西北隅有蓟丘。明人《长安客话》谓在今都城德胜门外，土城关即其遗址。旁多林木，蓊翳苍翠。

> 十里轻杨烟霭浮，蓟门指点认荒丘。
>
> 青帘贳酒于何少，黄土埋人即渐稠。
>
> 牵客未能留远别，听鹂谁解作清游。
>
> 梵钟欲醒红尘梦，[①]断续常飘云外楼。

注释:

① 梵钟句：觉生寺大钟在此北。

卢沟晓月

卢沟河即桑干河，水黑曰卢，故以名之。桥建于金明昌初，长二百余步。由陆程入京者必取道于此。

> 茅店寒鸡咿喔鸣，曙光斜汉欲参横。
>
> 半钩留照三秋淡，一𬈂分波夹镜明。
>
> 入定衲僧心共印，怀程客子影犹惊。
>
> 迩来每踏沟西道，触景那忘黯尔情。①

注释：

①原注：易州建泰陵，来往必由之道。

居庸叠翠

居庸为九塞之一，见于《吕览》《淮南子》，其迹最古。郦道元谓崇墉峻壁，山岫层深，路才容轨，为得其实云。

> 断戍颓垣动接连，当时徒说固防边。
>
> 洗兵玉垒曾无藉，守德金城信不穿。
>
> 泉出石鸣常带冷，日含峰暖欲生烟。
>
> 鸣鞭阿那羊肠道，可较前兹获有田。

金台夕照

黄金台见志乘者有三，一在易州，都城有其二。舆地名胜志云：在府东南十六里。又有小金台，相去一里。今朝阳门东南岿然土阜，好事者即以实之。所传古迹大率类是。

> 九龙妙笔写空濛，① 疑似荒基西或东。

要在好贤传以久，　　何妨存古托其中。

豪辞赋骛谁过客，　　博辩方盂任小童。

遗迹明昌重挍捡，^②罕然高望想流风。

注释:

①原注:《石渠宝笈》有王绂《燕山八景图真迹》。

②捡:《石渠宝笈》作"检"。

《御制诗二集》卷二十九

赋得琼岛春阴

杰竖石幢标四字，迩年真未负春阴。

已欣宿雨滋南亩，又见新云幂远林。

荟蔚适于幽处合，崎岖每与望中深。

乘闲歊案观坟典，陶侃名言获我心。

《御制诗二集》卷四十

玉泉趵突

泉自山腹瀵出，燕山八景目以<u>垂虹</u>者，谬也，兹始为正之。

济南（趵突）将浙右，（虎跑）第一让皇都。^①

镜水呈功德，屏山叠画图。

涧瀍千载利，玉帛万方趋。

日下传成说，于今始正诬。

注释:

①原注：递品名泉定玉泉为天下第一。详见记中。

赋得太液秋风

太液漾华舟，金鸂爽气流。

风来闾阖表，景助凤麟洲。

縠影明游日，蘋飐飒度秋。

蓼花刚烂烂，芦穗早浮浮。

隔岸听铜雀，乘波玩玉鸥。

心缘劭农慰，题任触怀投。

赋得西山积雪

东皇为玉戏，粉绘展遥屏。

汗漫凝寒霭，威纤接窈冥。

峦皴连汉白，峰隐插霄青。

爱凭当西牖，无殊据胜亭。①

古香曹氏轴，逸韵谢家庭。

别有忻怀处，甘膏遍麦町。

注释：

①原注：香山最高处建标曰西山积雪为亭对之。

琼岛春望

太液池边琼岛蒐，登临纵望气佳哉。

新蒲弱柳高低绿，杏蕊桃花次第催。

玉笋含阴隐壶峤，银查倒影画楼台。

万家春树皇居拱，生计筹量日几回。

《御制诗集二集》卷四十七

赋得太液秋风六韵

呈漪如应律，拂沼似行空。

三架水云榭，千秋阊阖风。

依然阅今古，谁与辨雌雄。

似妒镜光白，偏拖縠影红。

波潆惊睡鸭，岸响送吟虫。

佳景春明纪，由来赏莫穷。

《御制诗集二集》卷六十四

西山积雪联句仍拟聚星堂体 有序

岁当丰楸，时届孟陬，饯腊才过，三白已臻。瑞应迎春伊始，六花更叶祥占，喜农事之有征，值阳和之乍普，爰以上元翌日，特开秘殿初筵，莺树灯骈，映西山而绚彩，鳌峰月朗，连积雪以增辉。载集群寮，共赓禁体，诗成叠璧，期删盐絮，浮华例，仿聚星，用举欧苏胜事，匪徒侈辞章之丽，将以联上下之情云尔。

御制：节前稠叠布祥霙，八景燕山旧擅名。便合同堂赓乐恺，

臣傅恒：还教簪笔谱咸韺。舳栊光映三台耀，鸀鳿辉澄万象迎。于耜昔闻占父老，

臣来保：集裾早见会公卿。暖回上苑频喧雀，冻澈方壶未啭莺。仗外嶙嶙罗众皱，

臣史贻直：峰头奕奕朗初晴。闭关定起袁安卧，曳履无妨东郭行。

爽气正来当拄笏，

　　臣陈世倌：晨光瞥转对张荣。阳崖气凛高天切，幽壑寒霾厚地赢。孤岭岹峣回独雁，

　　御制：九阊訣荡豁双晴。云端望去寒光皎，林表浮来霁色晶。禁字重提聚星体，

　　臣蒋溥：成章遰继庆春荣。浃旬挑菜曾裁胜，先日传柑预献觥。雕就龙鳞呼刻烛，

　　臣汪由敦：滴残鹅管学吹笙。北台双耳尖仍峻，终岭中峰势忽平。掩画模糊浮绿荠，

　　臣刘统勋：破空翕翖晃红钲。大宫小霍齐添润，绝涧危峦尽吐莹。色借华粿铺广甸，

　　臣秦蕙田：蒎敷莲鄂拱神京。摩崖迸发三珠朵，沓嶂周遮七宝城。散漫不嫌虚牝掷，

　　御制：霏微只傍远眉横。歌词说直怀于蒍，画意寥萧对李成。亲切更思吟去岁，（去冬，香山有咏西山积雪之句。）

　　臣董邦达：谻咨还忆逊前程。仍看芳序开新篇，况对层岚丽彩甍。渐觉春阴澹蓬岛，

　　臣刘纶：暗催夜景俯昆瀛。居庸静锁关门迥，潭柘深迷塔影擎。野烧痕余留鸟道，

　　臣介福：炊烟飏处迟钟声。微茫错认卢沟晓，渗溧潜通太液盈。略似匡庐初泻瀑，

　　臣金德瑛：非关由首镇填阮。嶙峋莫辨千螺点，突兀惟标一掌撑。法海松根堆碧砢，

　　御制：秘魔石脚失峥嵘。西邻屏障烟霞格，东壁图书风月情。吉兆雅宜祠太乙，

臣观保：寒芒却喜映长庚。全融急溜垂绅直，偶值旋飙拂氅轻。增阆神仙都姽婳，

臣程景伊：薿姑丰度本翩嬛。暗尘漠漠曾随马，坠甲纷纷忆剪鲸。紫陌已欣腾火树，

臣钱维城：翠岩尚觉压霄棚。客襟奚俟拏舟发，诗趣偏因策蹇生。卷向花砖犹片片，

臣陈惪华：飘从莲漏共丁丁。柳堤蘸眼丝初润，麦陇含勾剟欲萌。塞外赐貂人万里，

御制：洄中喧鸭夜三更。涸田为庆遗蝗入，（去岁畿南山左偶被水灾，特遣大臣疏浚，积水渐消，春耕无误，故及之。）边海遥萦栈马惊。伫待洗兵歌七德，

臣孙灏：且教煮茗咏三清。楼兰氛靖无传箭，驭娑杯浓有攉莛。即此阳和回地脉，

臣张泰开：直从太古夺天黥。研成洞壑霞烘座，巧作玲珑绮列楹。秀骨珊珊思叔则，

臣金甡：豪吟呫呫让端明。惠连授简兰为曲，泛胜传书谷是精。日下遗编闻更续，

臣钱汝诚：梦余佳话赏应并。泰阶广被醍醐宠，解泽同滋沆瀣英。喜洽泛膏燃宝炬，

御制：丰征祀粥饫香秔。星桥翡翠通宵朗，界道琉璃自远呈。宴乐宁忘勤政意，东郊即日举春耕。

《御制诗二集》卷七十五

爱新觉罗·弘昼

雍正帝第五子，雍正十一年（1733）封和亲王。弘昼为历史上著名的荒唐王爷，喜好办丧事，吃祭品，但亦有历史学家指他其实是为免卷入弘时和弘历对皇位的争夺而以"荒唐"为名韬光养晦。乾隆三十年，和亲王薨，谥恭，是为和恭亲王。

燕山八景

琼岛春阴

巃嵸琼岛蠹层空，^① 点缀春阴胜画工。

瑞气缤纷瑶草绿，　祥光缭绕玉芝红。^②

露华不坠高峰湿，^③ 烟翠轻披茂树笼。^④

最是宸游佳丽处，^⑤ 时闻箫管五云中。

注释：

①层：《稽古斋全集》作"青"。

②光：《稽古斋全集》作"烟"

③坠：《稽古斋全集》作"堕"

④烟翠轻披：《稽古斋全集》作"月色常临"。

⑤丽：《稽古斋全集》作"景"；处：作"丽"。

太液秋风

西风凉入景澄鲜，^① 太液波摇散曙烟。^②

乱飐荷珠惊白鹭，③ 斜催雁字没遥天。④

岸傍蝉咽疏林响，⑤ 水面鱼吹翠带牵。⑥

无限遐心何处着， 蒹葭玉露思悠然。⑦

注释：

①西风凉入景澄鲜：《稽古斋全集》作"秋来偏觉物华鲜"。

②太液波摇散曙烟：《稽古斋全集》作"太液波平镜面圆"。

③乱飐荷珠惊白鹭：《稽古斋全集》作"棹拂荷珠惊白露"。

④斜催雁字没遥天：《稽古斋全集》作"云连雁字没遥天"。

⑤岸傍蝉咽疏林响：《稽古斋全集》作"岸旁柳暗风光淡"。

⑥水面鱼吹翠带牵：《稽古斋全集》作"水底鱼游荇藻旋"。

⑦蒹葭玉露思悠然：《稽古斋全集》作"蒹葭宛在思悠然"。

玉泉垂虹

凌空泻处玉龙飞，① 霭霭晴云掩映宜。

似练远从千涧落， 如虹直向九天垂。②

停泓原有盈科势，③ 溅沫非无润物时。④

坐对更添吟赏趣，⑤ 斜阳红抹影参差。⑥

注释：

①泻处玉龙飞：《稽古斋全集》作"飞瀑正还欹"。

②九天：《稽古斋全集》作"一溪"。

③停泓原有：《稽古斋全集》作"沦漪自具"。

④溅沫非无润物时：《稽古斋全集》作"磅礴宁无及物时"。

⑤坐对更添吟赏趣：《稽古斋全集》作"坐对清流情脉脉"。

⑥斜阳红抹影参差：《稽古斋全集》作"可知有本是深资"。

西山晴雪

千岫参差帝阙西，　银屏一派素辉齐。 ①

树枝尽是琼葩缀，② 樵路都为玉屑迷。

淡抹晴霞浑似绮，③ 暗融朝日未成泥。④

丰亨来岁端堪卜，⑤ 叆叇祥云入望低。⑥

注释：

①泒:《稽古斋全集》作"派"。

②尽:《稽古斋全集》作"应"；缀：作"满"。

③淡:《稽古斋全集》作"掩"；抹：作"映"；霞：作"晖"；绮：
作"画"。

④暗融:《稽古斋全集》作"晶莹"。

⑤卜:《稽古斋全集》作"拟"。

⑥叆叇祥云入望低:《稽古斋全集》作"禾稼如云满夏畦"。

蓟门烟树

迢递郊原古蓟门，① 森浓树色带烟昏。②

长空低接迷浓淡，③ 远郭平拖互吐吞。④

渺渺绿芜连帝里，⑤ 重重翠黛映山村。⑥

南楼极目浑难辨，⑦ 一幅青山渲染痕。⑧

注释：

①迢递郊原古蓟门:《稽古斋全集》作"佳木森森满蓟门"。

②森浓树色带烟昏:《稽古斋全集》作"迢遥无际接平原"。

③长空低接迷浓淡:《稽古斋全集》作"清阴浮动山村静"。

④远郭平拖互吐吞:《稽古斋全集》作"翠影迷离鸟雀喧"。

⑤渺渺绿芜连帝里:《稽古斋全集》作"浩渺田畴含雨急"。

⑥重重翠黛映山村:《稽古斋全集》作"依微墟里隔烟痕"。

⑦南楼极目浑难辨:《稽古斋全集》作"南楼登眺情怀爽"。

⑧一幅青山渲染痕:《稽古斋全集》作"佳境从来可涤烦"。

芦沟晓月

晨钟初动晓苍苍，　月照芦沟白似霜。①

车马纵横连倒影，②星河疏淡黯清光。③

往来人迹长桥上，　断续鸡鸣曲岸傍。④

指顾帝城佳气绕，⑤千村灯色已辉煌。⑥

注释:

①月照:《稽古斋全集》作"遥望"；白：作"月"。

②连:《稽古斋全集》作"浮"。

③河:《稽古斋全集》作"辰"；疏：作"的"；淡：作"烁"；黯：

作"映"。

④傍:《稽古斋全集》作"旁"。

⑤指顾:《稽古斋全集》作"极目"。

⑥色:《稽古斋全集》作"火"；已：作"尚"。

居庸叠翠

居庸万仞势峥嵘，　地设天开巩帝京。

树影笼葱烟乍散，①山光紫翠日初生。②

古原近带溪流急，③碧落遥看雁阵横。④

形胜何须夸百二，　好凭渥泽被寰瀛。⑤

注释：

①树影笼：《稽古斋全集》作"满目青"。

②山光：《稽古斋全集》作"无边"。

③古原近带溪流急：《稽古斋全集》作"雄关昼听溪声急"。

④碧落：《稽古斋全集》作"远岫"；阵：作"影"。

⑤好：《稽古斋全集》作"全"。

金台夕照

崔嵬遗迹仰金台，^① 燕赵山河一望开。^②

闲挂斜阳催晚去，^③ 还看暮影逐烟来。^④

余霞片片浮红绮，^⑤ 归鸟声声度绿槐。^⑥

厚礼招贤成已事，^⑦ 乐生端的不凡才。

注释：

①崔嵬：《稽古斋全集》作"巍峩"。

②赵：《稽古斋全集》作"国"。

③闲挂斜阳催晚去：《稽古斋全集》作"霭霭浮云笼旭日"。

④还看暮影逐烟来：《稽古斋全集》作"茸茸芳草绝尘埃"。

⑤余霞片片浮红绮：《稽古斋全集》作"屈身下士千年慕"。

⑥归鸟声声度绿槐：《稽古斋全集》作"厚礼招贤万代推"。

⑦厚礼招贤成已事：《稽古斋全集》作"名遂功成从此去"。

《皇清文颖》卷七十二

钱维城

初名辛来，字宗盘，又字幼安，号幼庵、茶山，晚年号又稼轩，江苏武进人。清乾隆十年（1745）状元，官至刑部侍郎，又入直南书房，画苑领袖。善画山水，花卉。谥"文敏"。著有《茶山集》。

西山雪霁　同人分赋限山字

长安雪后见西山，积素晴辉万壑间。

潭柘月寒迷远寺，居庸云合阻雄关。

寒门宾雁经时断，绝塞征人何日还。

着屐桥头聊迟望，梅花乡信未应闲。

《钱文敏公全集·茶山诗钞》卷二

刘秉恬

字德引，山西洪洞人。乾隆二十一年（1756）举人。二十六年授内阁中书。大学士傅恒督师讨缅甸，以秉恬从，擢鸿胪寺少卿。师还，超擢左副都御史。四十年，授兵部郎中，擢吏部侍郎。以母病召还京师，旋丁忧。四十五年，召入觐，署云南巡抚，又署云贵总督。五十一年，召授兵部侍郎。嘉庆五年卒。

过卢沟晓月

长虹一道架卢沟，晓月朦胧照上头。

曙色微微才可辨，鸡声隐隐远相酬。

衣冠从此朝双阙，车马于焉下九州。

癸卯年曾经此处，匆匆岁月忽三周。

《公余集》卷九

睿勤亲王·端恩

淳颖第四子。嘉庆七年（1802）袭睿亲王。道光六年卒。谥勤。

京师八景

琼岛春阴

御苑琼华岛，原从故国寻。

当时兴土木，此日偶经临。

万树苍葱古，群峰璒䃶阴。

仰瞻春泽润，新绿壑崖深。

太液秋波

泛碧同沧海，涵清太液池。

有明民力竭，右阙苑工侈。

蘸影环楼观，皴波濯锦漪。

秋光溶晃漾，鱼乐镜中知。

玉泉垂虹

一泓明镜外，千树碧烟中。

霁影虹霓月，波光锦縠风。

津析银汉接，潞水玉泉通。

试问寻源处，珠圆石窦融。

西山霁雪

千朵西峰秀，层峦接碧天。

同云昨夜笼，片玉远山连。

晓霁瞳眬日，浮岚高下烟。

披图看积雪，敷瑞预占年。

蓟门烟树

时随銮辂幸，方泽夏郊遵。

沃野行周甸，深林望蓟门。

晓烟笼碧树，佳气郁平原。

敬仰天章焕，封碑识溯源。

金台夕照

禹甸青笼万，东郊气淑和。

金台旧名胜，茅舍自骈罗。

返照夕阳映，晴晖瑞象多。

春光知掩映，霁景远山多。

居庸叠翠

直北长城牟，纵横万仞山。

有秦空筑塞，故国重修关。

屏翰原依德，穹窿竟若闲。

烟峦互苍碧，古垒蠹云间。

卢沟晓月

天阊民辐辏，襟带仰山河。

巨浸环都会，长虹镇水波。

利名桥月晓，来往市风和。

千古卢沟度，升平景象多。

《睿亲王端恩诗稿》

穆彰阿

　　字子朴，号鹤舫，郭佳氏，满洲镶蓝旗人。清嘉庆十年（1805）乙丑科进士。历任内务府大臣、步军统领、兵部尚书、吏部尚书、大学士、军机大臣等职，一时权倾内外。后被革职。

燕台八景

居庸叠翠

雄关天险属居庸，北望风烟莽万重。
守在四夷今有道，崤函底用一丸封。

玉泉垂虹

万丈垂虹翠嶂前，溅成珠玉十分圆。
天教渗漉成甘醴，品作人间第一泉。

太液秋风

水归太液总恩波，袅袅西风落翠荷。
自是芙蓉生性冷，不关江上得秋多。

琼岛春阴

澹澹卿云护紫宸，仙山遥峙濯龙津。
神功霖雨由肤寸，一片轻阴酿晓春。

蓟门飞雨

蓟北春深始见花，四郊青霭翳桑麻。
试看飞雨濛濛合，烟树丛中百万家。

西山积雪

余雪初晴冻未融，峰峦凹凸白玲珑。
不须散作人间絮，飞去飞来似断蓬。

卢沟晓月

桑干南下水汤汤，立马桥头月似霜。
恨杀垂杨千万树，攀条长绾别离肠。

金台夕照

寂寞黄金郁草莱，即今何处觅高台。
燕昭未必无灵气，落日悲风故故来。

《澄怀书屋诗抄》卷一

官　文

字秀峰，王佳氏。内务府汉军正白旗，辽阳人。清道光初，由拜唐阿补蓝翎侍卫，累官荆州将军。咸丰间，以湖广总督协办大学士，授文渊阁大学士。同治元年，改文华殿大学士。卒，谥文恭。著有《敦教堂诗钞》六卷、《续诗钞》二卷。

芦沟桥

芦沟晓月夜苍苍，回望燕云是故乡。

马迹车尘从此去，征夫万里九回肠。

《敦教堂诗钞续刻》卷一

汤 鹏

　　字海秋，自号浮邱子，益阳人。清道光三年（1823）癸未科进士，年甫二十。初官礼部主事，因文章"震烁奇特"，被选入军机章京，旋擢出东道监察御史。道光二十四年卒。汤鹏一生著述甚多，有《浮邱子》十二卷、《海秋诗集》前后集等。

燕京八景诗

居庸叠翠

关势雄三辅，乾坤亦奥哉。
不教飞鸟过，只有翠云来。

玉泉垂虹

山色摩苍天，泉声划太古。
潆洄不可穷，化作人间雨。

太液秋风

鸟依池上柳，鱼漾池中蘋。
不识秋风到，烟波故故新。

琼岛春阴

矗矗琼华岛，烟云黯淡春。

时逢松与乔，来往骑麒麟。

蓟门飞雨

晓闻蓟门风，暮飞蓟门雨。
濛濛青霭中，人家在何许。

西山积雪

山势三千里，松樟一万株。
长留太古雪，不与夕阳俱。

卢沟晓月

马首向何处？鸡声啼晓春。
柳枝攀已尽，留月送行人。

金台夕照

日暮秋风起，茫茫问郭隗。
可怜残照里，犹认旧时台。

《海秋诗集》卷二十五

彭蕴章

字咏莪，又字琮达。江苏长洲县人。清雍正五年状元彭启丰曾孙。道光十五年（1835）乙未科进士，官至工部尚书、协办大学士、文渊阁大学士、武英殿大学士、国史馆总裁。同治元年卒于京，谥文敬。遗著有诗集二十六卷等。

燕山八景

居庸叠翠

千里龙蟠拥帝京，蟠蟢山色插天横。

于今绝塞巡黄幄，终古雄关护紫荆。

佳气葱葱连北极，仙云蔼蔼接东瀛。

九边要地归冯翊，四海为家咏太平。

玉泉趵突

晴空飞瀑洒恩波，　襟带离宫入御河。

抱瓮曾浇温室树，　穿渠好溉玉山禾。

跳珠错落霭云□，^①　触石玎瑽杂佩珂。

直拟银潢天上泻，　济南一勺笑盈科。

注释：

①字迹不清。

太液秋风

玉镜波涵太液池，祥风京国早秋时。

荷心仙露分金掌，柳外轻阴锁翠眉。

铺锦漫赓唐代曲，飞云合唱汉宫词。

盘雕翮健清霜下，习战昆明试水嬉。

琼岛春阴

琼岛云归深复深，群仙楼阁幂春阴。

翩飞乳燕迷华栋，涩语新莺隔上林。

一角烟中看黛湿，数声花外听钟沉。

笼将清浅蓬莱水，不受红尘一点侵。

蓟门烟树

独客登楼望蓟门，迷离一色接平原。

春深绿树依官堠，日出青烟散古屯。

代马来时森朔气，塞鸿归处锁霜痕。

权枒常带风云势，指点盘龙第几村。

西山晴雪

群山掉尾太行东，作臂神京气象雄。

半岭寒光浮雪白，六街春色压尘红。

仙人琪树当空见，王母瑶台入望中。

此地清凉胜江左，石泉连竹翠岩通。

卢沟晓月

长桥北走跨桑干，晓月明沙一据鞍。

灯影送残千里梦，铃声诉尽五更寒。

虹梁蹑处梯云上，玉镜飞来拨雾看。

到此征尘应扑尽，春明门下办朝餐。

金台夕照

黄金市骏筑高台，吊古登临暮色开。

乐毅二城虚霸业，昭王千古枉怜才。

无边落木楼烦下，不尽寒云易水来。

独有酒徒还击筑，歌呼燕市一倾杯。

《松风阁诗钞》卷九

宝 鋆

索绰络氏，字佩蘅，满洲镶白旗人，世居吉林。清道光十八年（1838）戊戌科进士。三迁侍读学士。咸丰时曾任内阁学士、礼部右侍郎、总管内务府大臣。同治时任军机大臣上行走，并充总理各国事务大臣、体仁阁大学士。光绪时晋为武英殿大学士。卒谥文靖。

蓟门烟树　九日登高作

蓟门秋色莽无边，此日登临兴浩然。

苔石坡陀皴碧树，菊花篱落冷苍烟。

山河王气蟠龙虎，今古雄才重代燕。

尘世多逢开口笑，诗心欲傲杜樊川。

其二

风烟云树古城根，^① 锁钥居然壮北门。

西岭青苍开画本，东阳咫尺吊诗魂。

麒麟荒冢高低路，乌鹊斜晖远近村。

老境每同儿女乐，喜逢重九醉金樽。

注释：

①原注：元时旧城址。

《文靖公遗集》卷五

汪廷儒

　　字醇卿，又字莼青，江苏仪徵人。清道光二十四年（1844）进士，翰林官编修。书法、山水，极得董其昌用笔、用墨之妙，皴减而有法。墨晕點宕，尤长画册、扇。用笔沉着苍润，亦极似查士标。著有《扬州画苑录》《墨林今话》。

燕京八景之一

琼岛春阴

春到瀛洲早，琼华岛石嵌。

九天云护暖，几日雨留阴。

南海鱼吹絮，东风鸟唤林。

翠庭含水气，白塔阁铃音。

一径峰排玉，双堤柳罩金。

湿烟添宝瓮，新润上瑶琴。

桐屋霞蒸丽，蕉园月映深。

省耕廑圣念，大野沛甘霖。

《四时分韵》下卷

爱新觉罗·载淳

　　清朝第十位皇帝，年号"同治"。咸丰六年三月二十三日生于北京紫禁城储秀宫。为清文宗咸丰帝长子，母为孝钦显皇后叶赫纳拉氏。在位 13 年（1861—1874）。同治十三年十二月初五日崩于皇宫养心殿，终年 19 岁。庙号穆宗。有《穆宗御制诗集》六卷。

琼岛春阴

楼阁层云里，春光一片阴。

远看琼岛上，树杪入烟深。

朱寯瀛

字芷青，大兴人。清同治元年（1862）壬戌科举人，历官河南知府。有《金粟山房诗钞》《汴游冰玉稿》《周滨集》《素园晚稿》《上瑞堂集》等。

燕京八景诗

客以燕京八咏见示，历年既久，风景稍殊，各续短章，以当纪略云尔。

太液清波

玉𬯀隐丹霞，沦漪不可见。

我爱早朝来，荷风吹两岸。

琼岛春阴

叠石何玲珑，仙居好如画。

回首万楼台，中分烟雨界。

蓟门烟树

迤逦古燕城，迎眸翠成叠。

何人负剑登，高吟振寒叶。

卢沟晓月

膈膊闻鸡声，一钩残欲堕。

近照几行人，无语长虹卧。

西山晴雪

晓禁同清寒，晨光远相射。
莫更溷红尘，仙人翠眉白。

居庸叠翠

石磴叠巉岩，樵路穿云冷。
危途近却平，翠绕鞭丝影。

玉泉垂虹

螭口仙源接，终朝瀑布形。
恩波齐仰望，最近五龙亭。

金台夕照

纵少强兵术，终多爱士心。
只今斜日照，犹以灿黄金。

《金粟山房诗抄》卷九

樊增祥

字嘉父，号云门、樊山，别署天琴老人，湖北恩施人。清光绪三年（1877）中进士。累官至陕西布政使、江宁布政使、护理两江总督。辛亥革命爆发，逃居沪上。袁世凯执政时，曾为参政院参政。师事张之洞、李慈铭，常与二人酬唱。他是近代晚唐诗派代表诗人。有《樊山全书》。

八声甘州

赋燕台八景

芦沟晓月

把英雄，血泪做桑干，东流过芦沟。

甚胡笳吹晓，弯弯玉玦，低映城楼。

桥上蹲狮百辈，拗颈望神州。

夹岸金丝柳，眉不胜愁。

一旦瑶京云扰，纵高车过此，犬子应羞。

叹玉弓虚挂，星散万貔貅。

效雍公，危桥渡鳖，恨不如，白马送清流。

虫沙劫，总由月姊，两作中秋。

前调

金台夕照

是谁拖，裙带问昭王，层台委荒烟。

掷黄金虚牝，不求汗血，翻信神仙。

烈士悲歌慷慨，无奈夕阳天。

已是黄昏近，马不能前。

一霎火牛燕垒，漫手提骑劫，心怨田单。

任金戈铁马，云扰御河边。

仗何人，虞渊取日，叹乐生，久已去邯郸。

空回望，蓟门烟柳，老泪潸然。

前调

太液秋风

绕宫墙，玉水起微波，上林又秋风。

剩昆明池里，芳莲露粉，暗泣香红。

武帝旌旗何在，辇路百花空。

万岁山头月，莫照离宫。

谁夺凤皇池去，把鲸鱼刻画，鳞甲如龙。

怅兰苕翡翠，冷落镜奁中。

坠清波，柳梢出叶，诳御沟，流水各西东。

边愁起，几时重御，小殿芙蓉。

前调

西山晴雪

莽玉龙，百万蔽天来，美人泣琼瑰。

更扶桑出日，飞琼欲去，尚恋瑶台。

谁到百花山上，山上百花开。

空有尧年鹤，对语徘徊。

莫听翠微寒磬，甚鲛人居处，都变秦灰。

怕昆刀割玉，左股失蓬莱。

自王孙，青山埋骨。已三年，不探小溪梅。

空留得，香岑淡月，冷照崔嵬。

前调

琼岛春阴

又真妃，病过海棠时，液池罨春阴。

认洗妆楼上，珊钩反挂，帘幕沉沉。

可记焚椒旧事，旖旎十香吟。

烟雨楼台外，白塔如针。

凤艒龙舟何去，剩琼华一岛，冷浸湖心。

叹艮峰花石，历事宋元金。

自鱼台，二人闲坐。便昏黄，月色到如今。

还偷照，宫车几辆，晓出华林。

前调

居庸叠翠

蓦回头，立马望神州，雄关锁幽并。

指大同宣府，龙沙虎落，缭绕边城。

当日烈皇跸路，犹宿豹房兵。

马后桃花雪，和泪盈盈。

谁和填词朱十，要敲寒铁板，吹裂芦笙。

与雁门遥对，五里一兜零。

倚青天，乱峰如剑。更斜阳，衰草十三陵。

兴亡事，沙河戍卒，能说西征。

前调

蓟门烟树

把江东，渭北碧云天，量移到幽州。

看萋萋芳树，深笼粉堠，远带朱楼。

一自昆明却火，无地系骅骝。

辛苦南飞鹊，绕树无休。

野宿貔貅万灶，叹琴材笛料，爨下谁收。

甚抱薪冯异，无泪泣芜蒌。

怅京师，百年乔木。共旧家，簪笏断风流。

燕郊外，纵然春到，也只如秋。

前调

玉泉垂虹

乞君恩，一酌玉泉甘，清凉胜冰壶。

入江南图画，红桥碧柳，北地应无。

天际美人虹挂，双镜夹芙蕖。

试上青龙背，高望昆湖。

一自六龙西幸，让鲛人晚浴，手弄明珠。

万里长空架玉，蓦地走銮舆。

酌晋祠，春流浅碧。较香山，御茗定何如。

宫帘畔，监奴含泪，重进金盉。

《二家词抄》卷四

规　盦

民国时期人物。生平事迹均不详。

燕京八景

琼岛春阴

在北海南岸鳌玉蝀桥之北。

承光殿北禁桥西，玉勒青骢步暖堤。

昼井梧开鸿雁落，上林花谢子规啼。

千家甲第朱云绕，七宝旛幢翠幕低。

汉武仙踪何处是，茂陵秋草倍萋萋。

注释：

①原注：岛多佛寺，有顺治时建者，世宗喜广大寺教，故人皆疑其五台受戒。

金台夕照

九秋边木啸高台，羯鼓流沙动地哀。

戍幕寒天空鸟道，霸图东北想英才。

燕庭有表终沦替，骏马无人自去来。

祖道至今余易水，年年过客漫低徊。

玉泉垂虹

玉泉山有泉自螭首喷出。

西望瑶池太液源，疑云疑雨正飞翻。

魂来故国依归鹤，梦老春江听暮猿。

螭首晴阴关治化，赤城钟鼓报黄昏。

金床玉几全无用，小苑空余蜡屐痕。

蓟门烟树

蓟门即铜马门。

北郭云山草木稀，黄沙漠漠少人归。

汾阳凤羽朝铜马，可汗龙城拜褚衣。

交塞河声吞瀚海，汉营曙色动旌旗。

长缨自惜愁无路，何事倾怀论是非。

卢沟晓月

卢沟河即桑干河，有石桥可通南北，相传为荆轲献图处。

四野鸡声晓月残，谁家红袖倚栏干。

天峰断处孤星落，山雪消时一水寒。

邑馆羁人思故里，边关宿将渡桑干。

风沙不管颜如玉，辜负琵琶马上弹。

居庸叠翠

居庸为九塞之一，古称险峻之地。

高牙建羽拥雄关，马度凉州去不还。

万古征人怜月色，几行血泪染衣斑。

金杯醉卧沙场外，青帐看来水殿间。

曾有音书归凤阙，将军此夜入天山。

太液秋风

太液池即今南海也，有太液秋风碑在水云榭上。

水云榭底碧潮通，一夜砧声入月中。

海上青铜愁复见，江间舞旆望还空。

沧波日下游鳞紫，枫树霜前落叶红。

自是宫墙关不住，满城白发怨秋风。

西山晴雪

雪拥西山大野荒，停杯着意正苍茫。

十分月色峰前水，万里愁情雁后霜。

漠漠紫台悲往事，翩翩白鸟舞成行。

终南自古衔云岭，未负新诗入锦囊。

《大中华杂志》第一卷第九期

跋

  《八景诗抄》，沉睡十年，但北京市东城区第一图书馆对八景的情愫丝毫未减。适逢文化之春，十步香草，百花争妍，经过图书馆同仁的不懈努力，八景选题终获通过，不日付梓，值得庆贺。

  作为北京的地方文献，八景诗有其独特的文化内涵。它拓宽了诗词的领域，浓缩了时代的印记，记录了文人的情怀，丰富了诗词语境，为当今古典诗词的学习和鉴赏，提供了新的版本，为北京的文化园林增添了一抹新绿。

  囿于辑者学识水平有限，卷中错讹难免，还望读者批评指正。

王鸿鹏

戊戌正月写于碧水星阁